一世莲花宿菩提

——仓央嘉措的诗修意境

亭后西栗◎著

北方文艺出版社

图书在版编目（CIP）数据

一世莲花宿菩提：仓央嘉措的诗修意境 / 亭后西栗著. -- 哈尔滨：北方文艺出版社，2017.5

ISBN 978-7-5317-3816-9

Ⅰ. ①一… Ⅱ. ①亭… Ⅲ. ①仓央嘉措（1683-1706）– 诗歌研究 Ⅳ. ① I207.22

中国版本图书馆 CIP 数据核字（2017）第 039334 号

一世莲花宿菩提——仓央嘉措的诗修意境

YISHI LIANHUA SU PUTI—CANGYANG JIACUO DE SHI XIU YIJING

作 者 / 亭后西栗

责任编辑 / 王金秋　赵　芳

出版发行 / 北方文艺出版社
网　址 / www.bfwy.com
邮　编 / 150080
经　销 / 新华书店
地　址 / 黑龙江现代文化艺术产业园 D 栋 526 室

印　刷 / 北京高岭印刷有限公司
开　本 / 787 × 1092　1/16
字　数 / 330 千
印　张 / 17
版　次 / 2017 年 5 月第 1 版
印　次 / 2017 年 5 月第 1 次印刷
书　号 / ISBN 978-7-5317-3816-9
定　价 / 39.80 元

序

序言中的不得不说

静默了十五年
等待将头垂得低低
直落入尘埃
追随你走向布达拉的脚步

世事参差，佛法高妙
飞扬的经幡之上
你用诗行
吟满二十三年的前世今生

关于仓央嘉措，他自哪里来，最后又到哪里去，并不是我在这里要说的故事。

关于仓央嘉措的诗歌，或者现在也可以称作情歌的作品，以及他作品中意欲抒发的情感，才是不得不认真说说的故事。

根据藏族作家的说法，仓央嘉措的诗歌原文非常美，但转译过来后，因为语言、音律的不同，其诗的意境最多只能剩下三分之一。

仓央嘉措的原诗，应该是介于民歌与自由诗之间的格式，是一种有韵律、有节奏的散行诗歌，这很可能是因为仓央嘉措在幼年学习时，接触过《诗境》这本书，并受到印度诗歌风格的影响。

《诗境》是古印度书籍，以梵语写成。书中主要探讨诗歌的风格、修辞以及诗歌的创作等问题。这部诗歌经典在很大程度上影响了仓央嘉措的作品风格，让他的诗作倾向于散行诗的风格。

现行的仓央嘉措“情歌”，最常见的两种译本，一种是曾缄先生和刘希武先生的七言诗歌和五言诗歌译本，一种是以于道泉先生为代表的自由体诗歌。

于道泉先生的译诗相对而言更贴合原诗，但因为转译的原因，很多词句失去了原诗的韵味之美，故只用其作为“诚实”的对比版本，与所选译诗进行对比。

而曾缄先生的七言诗，是先生在对原文的翻译和理解上，重新组合而成的诗歌，换言之，它是曾缄先生依据仓央嘉措原文自己吟诵的诗歌。

正因为要照顾七言的格式，原文中有些字句经过译者的再创造，已经被意象化、诗意化，而失去了专注于字词的解读，同时，固定的篇幅也会在一定程度上限制翻译自由。这也是为什么本书没有首选曾缄先生的译本进行赏析，只是选择了二十首译诗列为外篇的原因。

在众多现代译本中，尤以马辉先生的译诗最为精妙。与仓央嘉措的原诗相似，同样是自由体诗歌，经过整理和渲染，成为浑然一体的本心之作。本书也将以马辉先生的自由体诗歌为主，对其进行赏析。

而时下里流行的比如《那一天》《见与不见》等颇有争议的诗歌，以及众多芜杂未证的诗歌，都没有收录。

很多人将仓央嘉措的诗歌理解成情歌，甚至有人认为，仓央嘉措本身就是一位多情的风流才子。不过，抛开那些在版本问题上有争议的优美情诗，我们可能会发现，他的诗歌中大部分都涉及了宗教，而不是闺情。

据称，仓央嘉措诗集的原文，其题目用的是“古鲁”一词（音译）。“古鲁”在藏语中泛指诗歌，引申后甚至有“道歌”之意，也就是劝诫世人的宗教诗歌，而非情歌“杂鲁”（音译）。所以不乏有藏学专家指出，时下流行的仓央嘉措的情歌，其实是仓央嘉措修持时观想本尊的境界。

在提笔之初，我个人更加认同将这些闪烁着人间大爱和精深佛理的诗歌称之为“仓央嘉措道歌”。

而另一个问题则直指仓央嘉措的个人生活。若以诗句便断定仓央嘉措耽于酒色未免过于武断，因为托物言志以物抒情的写作手法，早在《诗经》风起的岁月里便已登峰造极，而屈原在《离骚》中写尽了美人与芳草，实际指的却都是自己。

仓央嘉措作为宗教领袖，在西藏政治上的身份与影响是不可忽视的，那么，认为仓央嘉措放荡不羁、极尽风流的根据又在哪里呢？

在藏地这方政教合一的高原上，分散着几支教派，他们以黄教，也就是戒律严格的格鲁派为马首。

仓央嘉措被选为转世灵童后，立刻被封闭看护起来，接受格鲁派僧人的指导。但他的生身父母，却是红教，也就是宁玛派信徒。

无论仓央嘉措是否接受了父母的宁玛派思想，至少我们已经知道，在西藏，就在仓央嘉措曾经生活的这片净土上，人的一生是可以“不负如来不负卿”的。

这可能多少影响了世人对仓央嘉措一生经历的猜测与评价，比如认为他受宁玛派影响轻视色戒，追求自由奔放的爱情。

但也有学者指出，仓央嘉措在两三岁的时候就被格鲁派僧人密切照管，他根本没有机会接受父母的影响，也没有时间和机会在坐床仪式之前，以不满十五岁的年龄，在民间发展起一段轰轰烈烈的初恋。

至于他后来的拒受比丘戒，退还沙弥戒，很多高僧也认为他只是“迷失菩提”，并非有还俗之心，更不能作为他生活浪荡的证据。

仓央嘉措的年代，正值西藏政局动荡之时，关于他的生平记载少之又少，对他的评价也一度众说纷纭。但无论世人如何定位这位经历传奇坎坷的达赖喇嘛，又为他幻化出多少个版本的传奇故事，他在文学上的成就还是令我们叹为观止的。

可以想象，禅定澄明的仓央嘉措，静坐于佛像之下，伴着焚香与诵经，观想本尊时的冥想，一定是极美的。而这些美好，落地生根，深植于诗人心中，浸笔蘸墨，力透时光的纸背，成为我们现在所看到的《仓央嘉措道歌》。

它是仓央嘉措写给自己，写给天地，写给诸佛和众生的歌行，也是他留在这世间的满含了无差别心的大爱。

就让我们闭上眼睛，敞开心扉，走进仓央嘉措的联翩不绝的一首首优美深邃的修行之歌，聆听他曾观想的，眺望他所照见的，用和他呼吸心跳相同的节奏，品赏仓央嘉措诗歌中的诗修意境。

亭后西栗

整理于2015年7月31日

目录

第一辑 地空篇

目录

第二辑 水空篇

目录

第三辑 火空篇

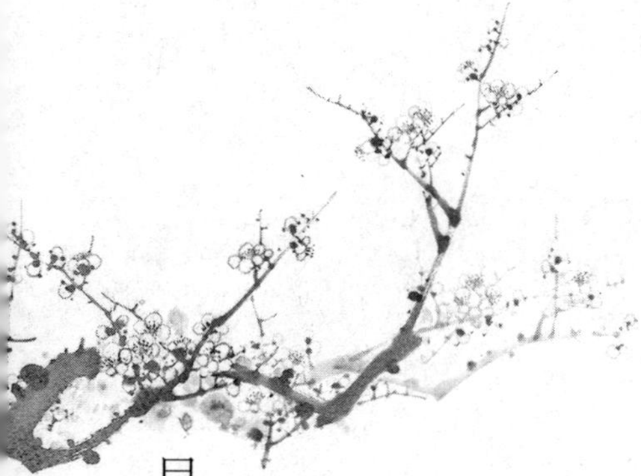

目录

第四辑 风空篇

第一辑

地空篇

土地慈悲
孕育着生命
也生出苦难与背叛
马蹄敲打着地狱的屋顶
野外的盲人任意盲目
而我独坐须弥山巅
看雪地上闪耀着几颗
前世的樱桃

诗篇一　好多年

好多年了
你一直在我的伤口中幽居
我放下过天地
却从未放下过你
我生命中的千山万水
任你一一告别
世间事
除了生死
哪一件事不是闲事

谁的隐私不被回光返照

殉葬的花朵开合有度
菩提的果实奏响了空山
告诉我
你藏在落叶下的那些脚印
暗示着多少祭日
专供我法外逍遥

赏析

每读一次，都要为这开篇叹息。

“好多年了”，是多么哀伤而深远的一句叹息。

那么的轻描淡写，却是那么的声声嘶吼。

仿佛是无可奈何的惆怅，又像是意犹未尽的凝望。

这样的开篇，让我相信，这首诗，是写给母亲的。

早早就湮灭在动荡中的仓央嘉措，一世修于禅境，短短一生不过二十三载，他“好多年”的记忆中，除了母亲，还能有谁？

无论是立地成佛的天人，还是匍匐尘世的小民，对母亲的依恋与思念，都是一生最难割舍的情愫，而对幼年就离开母亲从师学法的仓央嘉措来说，这种感情更加深重。

与母亲的别离成为他不能愈合的伤口，而母亲的影像，便一直静静地幽居在他的伤口中。

他在修行的道路上，放下过天地，却从未能放下过母亲的影像。

苍天如此辽阔，大地如此厚重，都被诗人在心中放下，而独独是母亲那柔弱温和的小小的身影，一直停留在他的心上。

幽居，便是隐居。安静地，无声地，不为外人所知地，她就藏在他的身体里，藏在他的内心深处。

他能将身心修得圆满，平静地放下天地，但在他伤口的裂痕处，藏着不能言说的秘密。

他的生命中有千山万水，秀原奇峰，他将高耸磅礴的喜马拉雅装入生命，也将宽广滂沱的雅鲁藏布收入襟怀，而这壮丽山水，以及他所有的故事，都任由那个身影一一告别。

郑重地，缓慢地，一声又一声，仿佛是永远不会停歇的转经筒，嗡嗡地唱诵，就这样，永远不要停歇吧。

但他们不能就这样长久地告别。

因为世间除了闲事，还有生死。

是有了生死，才会懂得，世间的事，都是闲事。

于是他问世间，哪一件不是？

他生于斯，生于那个幽居在伤口中的身影，而她的离去，绝不是天地世间的闲事。

真的不是。

她成了他的隐私，一个不可言说的秘密。

当大地的回光与心内的回光将他映照，他的身影，伫立在内与外的光芒之下，分毫可见。

于是那隐私中的她，便渐渐变得清晰。

傍晚的夕阳落向山的那一方，回光普照万物，他的内心一片祥和，于是在身心的平静中，她的身影浮现于心中。

趺坐中身心俱静，灵光浮动自内而外，将她的身影，从心底清晰地投射而出，跃然心头。

即便是想隐瞒，也瞒不过。

即便那是他的隐私，也一样要被回光返照。

殉葬的花朵，总让人联想起睡美人的面容，和环绕着她身体的鲜花。

然后，在寂静中落入泥土，不见天日。

离开根茎的花朵，不可能开合，于是殉葬的花朵，便化为满山鲜活的生灵，它们在时序的流转中，静静地开花、合拢、盛放、凋零。

就像母亲的生命，流淌、凝滞、歌唱、消亡。

但后面的奏响空山，又将这首诗整体推向另一番景象。

尤其是将这两句放在一起品赏时。

为母亲殉葬的花朵开合有度，并不因自然的时序流转，而是因为菩提的果实奏响了空山。

诗人将自己伤口中的隐私暴露在灿烂的回光之下，唤着那花朵盛开。

而菩提的真言却在山峦空谷间回响，提醒着他，悲怆的祭情之心，合而有度。

如果说殉葬的花朵代表诗人对母亲的追思，那么菩提的果实，便明确地指代了经法。

佛祖在菩提树下得道，而菩提的果实，便是佛祖的成就。

在菩提果的声响中，诗人急急地告了别。

当空山落叶满地，遮盖了明明有过的脚印，殉葬的花朵业已合拢。

他向幽居在自己伤口里的人，向那个告别了千山万水却依旧恋恋不舍的人，问着他们的下一次。

下一次，是哪次呢？

花朵凋零，脚印无踪。

但花朵开在幽心底，脚印藏在落叶下。

当离别的真言奏响空山，

母亲啊，请告诉我，那些你留下的痕迹，暗示了多少祭日？

你的每一个祭日，都会有殉葬的花朵盛开。

就像在每一次的回光返照中，我的心头现出你的身影。

那时，我会轻轻地，轻轻地走来，踏着你暗藏在落叶下的脚印。

我从法中而来，踏入你幽居的伤口，

我落脚在这逍遥的法外，

送你一枝殉葬的花朵，

在那菩提果实奏响的真言，

响彻之前。

题外小注

1. 隐私

隐私的原意中，隐是隐避、隐藏，私是个人的、自己的。

但随着很多公众人物私人生活的日渐低俗化，隐私慢慢多了一种“难以启齿”的含义，而变成了一个贬义词。

但在这首诗中，隐私，只是指个人的、隐藏的心思。

如果严格去讨论，出家之人如此怀恋母亲，确是一种“难以启齿”的羞惭之事，恐怕多少有些牵强附会。

我宁愿相信，诗人的内心是纯洁无瑕的，他不会有那些“不可为人道”的“隐私”。

2. 回光

回光最科学的释义，是日落时由于反射作用，天空发生的短时光亮的现象。

但从医学的角度来说，就是人临终前生命机体的一次热血拼搏。在佛家修行中，它是已经飘离的神思和灵魂重返躯壳的表现，而这所谓的神魂，或者说是我们更常所闻的元气之类，应是沉于丹田，当诗人静坐时，便徐徐而起绕周天而走，这大概也是诗中回光返照的另一层意思。

我并不认为诗人所说的回光返照，和谁的行将离世有什么必然联系，因为常人的元气不会游走，但作为达赖喇嘛，这是他观想时最为常见的体验。

诗篇二　少年的爱情

少年的爱情
永远不够用
一杯酒足以了却一件心事
为午后预设的独木桥
在天亮前就被
一个女子梦断了
渐悟也好
顿悟也罢
谁能说清
从刀刃上失踪了多少情人

赏析

少年、爱情、女子、情人，从字面上看，这似乎是一首爱情诗。但是富于比喻和抒怀的诗歌，总比实写的东西多了一层含蓄。与其理解成情诗，不如说，这首诗是诗人在表达自己政治上的不得志。

爱情永远是最让人感到幸福的字眼，它由我们内心深处迸发，充盈了我们眼中的天地，摹之无尽，叹之不竭，而诗人到这里，却为何又生出一句“永远不够用”的感慨？

诗人一生中，绝大部分的时光，都处在少年时期，少年时的他，应该是充满活力、心怀追求与抱负的。他苦读、他吟诵，在学业中奋发，在禅境中参悟，可是，他又为何忧愁？

爱情之所以不够用，是因为只要一杯酒，就足够了却心事。

一杯一杯，一件一件，被了却的心事，如同一盏盏失了烛焰的灯，沉寂地堆放在被人遗忘的角落，慢慢地，终将被灰尘侵蚀，彻底暗了光明。

所以，爱情才会不够用，因为它要不断地燃烧自己，填补那杯酒了却的心事。

这里的心事，真的是情事吗？其实，真的不见得。

与爱情同样能激起热望的，还有少年的抱负，那种笼罩在精神追求下的升华体验，不亚于爱情的洗礼。

我们知道，仓央嘉措身为活佛，他最大的抱负，便是能像他的前世——第五世活佛那样，成为一个政治上的强人。

而这种"少年的爱情"，在那个局势复杂的年代，却永远都是那么虚弱无力，那么的不够用。只要一杯酒，或者说，只要一席有酒的聚首，当众人举起酒杯，"少年的爱情"，仓央嘉措的政治抱负，便转瞬变成一盏熄灭的枯灯，被遗忘在墙角。

为了那一杯一杯的酒，少年到底要捧出多少爱情，才足够它们了却？这样弱小无助的爱情，又怎能够用？

这时的少年，开始感到力不从心，就连那辛苦架好的木桥，竟也早早地断落。

独木桥，战战兢兢，全神贯注，是为难行，可那毕竟是通往对岸的一条生路。为了那个午后的涉渡，他早已预先架好，只等第二天的太阳划过中天，他便可以出发。

但就在天亮前，在太阳还未升起之前，一切，梦碎。

女子啊，你梦见雪山，梦见芳林，梦见鲜花与枯叶，却梦断在那刻满心事的独木桥。

这是好美的一个故事，那渡人走向对岸的桥，被女子梦断，总好过被刀刃砍断。

当那架在水上唯一的一条路径被梦断，便是诗人醒悟之时。

渐悟，顿悟，无论何种，总是开悟，得见事之真谛。

于是，无须细想，那数不清的美好的念想，又有哪一个，不是在刀刃上终成烟消云散呢？就像，那座被女子梦断了的桥，无缘无故，无声无息。

这是一首混杂梦境与现实的诗，和爱情相似的追求是美的，却敌不过席上的酒盏，追求是梦境，酒盏是现实；独木桥虽窄，还是充满希望的，竟然会被女子的梦葬送，独木桥似乎是现实，而女子成了荒诞的梦境。但和前面的诗句对照来看，独木桥就和“少年的爱情”一样，也是一种美好的梦想，而女子莫名生出的梦，反而成了现实阻碍的一种隐喻。

当诗人游移在梦境与现实之中，当它们彼此伤害，当他眼睁睁地看着自己的梦想被现实吞没，就像被酒浇熄了爱情，梦境缠碎了木桥，他却只能说一个悟，感叹着他曾丢失的梦想，那些如同情人一般美好的追求。

所以，是渐悟，是顿悟，又有何妨，这残忍的现实，让他已无能为力。

于是，这又成了一首盘绕着哀伤的诗，虚弱无力的爱情，求而不得的通路，一个个在刀刃上失踪的情人，是政治上欲诉无门的弱小，是少年热血无处倾洒的阻隔，也是一番又一番的风声初起，转眼落成无迹可寻。

于是此中一悟，远比一个莽撞少年丢失了情人，更加深重，更加无奈，也更加惨淡。

题外小注

1. 酒

在诗歌中，酒的出现，通常会对应着“忘忧”“放歌”“纵情”等情绪，似乎也有人认为，本诗中的酒很可能是诗人仓央嘉措意图借酒浇愁。但正所谓借酒浇愁愁更愁，不要说喝下一杯酒，便是灌下千杯酒，也未必会了却一件心事，所以要了却心事的，绝不是诗人自己，所以喝酒的，也绝非诗人自己，若不然，“一杯了却心事”这样的常识性错误，又怎会出现？

2. 独木桥

一直以来，桥的含意都与渡河密不可分。桥，是一种跨越阻隔、通向对岸的工具，换言之，在被水流或断崖阻隔时，唯有它能使人踏上通途。从佛家的“渡”来说，桥的意义便更加深远。这里的桥虽是独木，简陋却实用，一样有渡人之意，可以说，它成了诗人跨越阻碍登上彼岸通达之路的唯一工具。

3. 女子与刀刃上失踪的情人

赏析中已经说到，情人是诗人追求和抱负的指代。而梦断了独木桥的，是女子，而并非“情人”，也就是说，这个女子，是和诗人笔下的情人寓意不同的。情人是深深爱着却又不幸在刀刃上失踪的，而女子却没有任何限定，仿佛就只是某一个路人甲，或者，是代表了很多个普遍意义上的路人甲，就像那些仓央嘉措并不认识也从未听说过的人，在政治上施加着影响，梦断了他的桥。

诗篇三 雪中弹琴

一个人在雪中弹琴
另一个人在雪中知音
我独坐须弥山巅
将万里浮云一眼看开
此外
便是不敢错过死期的众生
他们纷纷用石头减轻自己的重量
他们使尽一生的力气撒了一次谎
仅仅撒了一次谎
雪就停了

雪地上闪耀着几颗
前世的樱桃

赏析

圣洁的白雪纷纷落下，纷乱了目光，也遮住了世间所有的灰暗。

天地寂静，只有一个人，在雪中弹琴。

这是多么美妙的一幅画面，雪花落，琴声起，一切都宁静得那样恰到好处。

但比这画面更美妙的，是雪中还有另一个人，坐在雪落之处，听琴，知音。

雪花落在头上，铺在肩上，一层层堆积在心里，融成一片圣洁。

一时间，全世界便只剩下这两人，一个是闭目弹琴的俞伯牙，另一个，是闭目知音的钟子期，他们相逢在难得一见的大雪中，相逢在诗人眼中的世界里。

而诗人自己，却不在雪中。

他独坐在世界的中心，在须弥山的山巅，远远地看去，雪中的景象，遥远清晰。琴者与知音，这份世间难求千载一遇的良缘，在须弥山巅，在诗人的面前，被一眼看开。

琴声宁静，人影安详，一切都只是浮云过眼，在须弥山巅，再没有什么能遮蔽慧眼。就连天空中那倾洒落雪的浓云，也只是诗人身下的小小一方。

他的目光，仿佛有一种力量，拨开浮云，一掷万里，直看向三千世界的尽头。这是多么宽广的一观，一眼便观尽世间万象。

雪中的琴声，雪中的知音，还有坐在宇宙中心的诗人。除了这些，天地间还有什么呢？

此外，便是众生。

众生万象，似乎是早已成俗的说法，世间事，浮华翻覆，我们穷尽一生都不曾也不能参透些什么，可在仓央嘉措眼中，这大千世界中，却只有一象。

那是一直在惧怕着死亡的众生，是一直在等待着死亡的众生，是从一出生，便艰难向前，一步步走向死期的众生。

这是多么大的讽刺，活着的人，都在惧怕着死亡，却因为惧怕，而拼命念想着自己的死期，仿佛那是一个不容错过的仪式。他们紧紧地抱着恐惧，无时无刻不在惦记着最后的一刻。

他们活在死亡黑色的浓云之下，像一个个听候审判的罪人，无时无刻不在牢记，自己终将死去；他们专心地等待，一心要好好地迎接，令他们终生惧怕的死期。

于是，他们又胡作非为了。

在前行的路上，他们捡起一块块石头装入行囊，当成自己的宝贝。他们说，这样会让他们感觉好一些，他们会感到富足、踏实，这样，行走在生命里，便会轻松些。

蒙昧的众生，竟然捡起石头来减轻自己的重量，这番苦厄的景象，怎能让诗人不心生悲悯？哪怕他独坐在须弥山巅，早已将浮云看开。

除了纷纷捡起石头，众生还在奔走着，盲动着。

他们用尽一生的聪明，耗尽一生的时间，使尽一生的力气，欺骗了自己。

仅仅是那么一次，也只能有那么一次，他们抱着对死亡的恐慌，就像牢牢地攥着手中的石头，走向了那不敢错过的死期。

最后，还要说一句，终得解脱！

仿佛闭上眼睛，咽下最后一口气，便可以将他们惧怕的、逃避的，纷纷放下，用那种他们一度惧怕的方式。

可是，那只是，他们使尽一生力气撒的一次谎啊。

仅仅这一次谎，承载着他们艰难而惶惶不安的一生，他们的一生，也只能承受这一次谎言，最后的谎言。

于是纷纷的雪，停了。仿佛是要验证他们这一世的终结，仿佛是在静默他们这一世的碌碌。而雪地上，有几颗前世的樱桃在闪耀。

照遍前世，不忘来生。

雪落时，天地间只有琴声，而你们只顾在世上埋头地走，用生命精心挑选石头，却忘了抬头看雪花，听琴声，做个知音。

雪停时，你们用谎言写下今生，用尽全部力量想要圆满一个自己，而我独坐须弥山巅，感叹你们原本鲜艳多汁的美妙。

就像前世的樱桃，在雪域圣洁的高原上，向天空闪耀光芒。

题外小注

1．雪

在诗的起首和结尾，都出现了雪，雪落和雪停，并不是真正的天气景象。这里很可能是用雪花纷落的样子，比喻世事的纷乱。雪落安静，所以世间事皆是无声，雪落纷纷，所以世事迷蒙不清。这里的雪，是世间纷扰的象征，就像诗人看开的浮云一样，是扰乱众生的外物。所以雪落时，诗人说自己看开浮云，所以众生死时，诗人说雪停了。

2. 弹琴知音

说到知音，历史上最著名的大概就数俞伯牙和钟子期这一对了。从仓央嘉措的年代来看，他对这一组合是可能知晓的，但或许，这里的“知音”只是译者的意译而非直译。所以当然了，活在现在的译者马辉先生必然是知晓这个典故的。

3. 须弥山

须弥山，源于古印度神话，是传说中位于世界中心的山。据经卷记载，须弥山“高出水面八万四千由旬①，水面之下亦深达八万四千由旬”。在传说中，须弥山是直上直下的，没有曲折沟壑，山中草木芬芳茂盛，山基更有纯金细沙。

简单说，传说中的须弥山，日月绕其行走，是天地乃至宇宙的中心，而它远远高于水面，悬于空中。试想一下，坐在离水面八十万公里的山巅，望观三千世界，是何等景象。

4. 樱桃

目前并没有找到关于樱桃更多的引申意义，如果单独从物相的角度考虑，选择樱桃这种意象，是因为它的色泽，映在雪地上，即使是坐在须弥山巅的诗人，也能一眼看到。

①由旬：由旬是古印度的长度单位，一由旬相当于一只公牛走一天的距离，大约11公里。这里所说的八万四千由旬，折算之后相当于80万公里。

诗篇四　驯服野心

用多少美人和香草才能驯服一颗野心
马蹄敲打着地狱的屋顶
大量的手段和智慧都弃置于荒野
一些人被另一些人用旧了
也只能在酒色中辉煌地度日
唯独那个努力不幸的人
却依然幸运地一步一步死去
而空门内外
谁又是谁呢
一想到这些
春苗就一直绿到我的枕畔

赏析

这首诗，将政治和战争的面貌写得无比清晰。

诗从野心写起，却不写野心是多么大，只是感慨一句，要用多少美人和香草才能驯服？

似乎自从世上有了屈原，美人和香草这两个词，便总是成对出现，人世间的美好，便被赋予了新的名字：“美人”和“香草”。

可是要驯服那永不满足的野心，却是无论多少美人和香草都不够的。它会在胸膛内膨胀着翻滚，腾起的心火，将供奉在面前的美人和香草熏黑，失了鲜丽的颜色。

终于，这颗未被驯服的野心，脱缰而来，就像强健的骏马，永远向着前方奔驰，坚硬的马蹄，无休止地落在同样坚实的地面上。

但那不是地面，而是地狱的屋顶，诗人分明听到，声声的马蹄，敲醒地狱的烈火，唤起地下的刀兵，震耳的吼声从地下涌起，仿佛怒涛冲击着山崖。诗人分明看到，漆黑的迷雾，是战斗的号角，它撕扯着身体，在澄净的空气中，将自己无限地放大了。

于是战争的烈火燃烧着，烧尽了车马与旗幡，将那些高超的智慧和奸诈的手段，一并拖入无人的荒野，让它们沉睡在地狱的屋顶上，散作如烟的细草与轻沙般的残雪，凋落成一段记忆的象征。

战死沙场的人，终成枯骨，伴着破碎的旗幡，呜咽声在风中飞扬，而那些活着的人呢？

大量的手段和智慧，依然在人群中骄傲地笑着，它们帮着这些人，将那些人用旧，榨取了他们的价值，磨光了他们的锋芒。终于，那些人的辉煌，成了过去，成了只有在酒香缭绕的酒席上才会听到的故事，或者，连故事都不曾剩下。

这些人卷走了那些人的荣耀、野心和他们所谓的梦想，而那些人，只能沉浸在酒色之中，嘶吼着自己辉煌的酒令，一日一日地醒来再睡去。

野心，就这样引着地狱的业火，焚毁了那个奔腾着野心的年代，以及澎湃在那个时代里的人们，无论是一些人，还是被用旧了的另一些人。

只有诗人自己，怀揣着一颗悲天悯人的善心，行走在世上，脚踏着地狱的屋顶，在一片荒芜的手段和智慧中，品尝着人间所有的不幸。

所有的不幸，那些人知道的，或是不知的，现在，已全都落在他的眼中，成为他内心最大的不幸。可他却还是努力地前行，努力地感受，感受那些并非他造成的不幸，为了那些沉沦在不幸中的人。

他体察、品尝、感叹着世间的不幸，他是不幸之源的体察者，是苦果的收割者，却因着佛法的庇护，在奔赴死期的道路上，变得异常幸运。

佛光远照，无声有力，安详地狱的高歌，拂去荒野中喧嚣的尘埃，将所有野心和辉煌教化，和于掌中，在安乐的世上，努力背负起不幸之人，走在幸运的通途上。

而当幸运的脚步跨过空门，融入那片佛光，背负的不幸已然消散，而在空门内外，诗人是谁？那些湮灭在时光和野心中的人又是谁？

这世上，真的有你我之分吗？

于是诗人笑了。

无量的佛法面前，本没有幸与不幸，我们谁也不是，又好像，是我们中的任何一个。

一想到这些，春的生机便从四面涌来，走遍马蹄敲打过的地面，装饰了地狱的屋顶，滋润了荒野上被弃置的人们，从那些在野心和酒色中度日的人脚下划过，最后，一直绿到诗人的枕畔，绿到诗人的思想里，绿到诗人的梦境中。就像，无边的佛光，照遍他的生命。

题外小注

1. 用旧

这里的表达非常含蓄，用旧，其实与上文的弃置是同理，无论是野心、武力、手段或是智慧，都在被利用，是为“用”；之后被人夺去了所有的价值，再被遗弃，是为“用旧”。

2. 努力不幸的人

单从字面上看，“不幸的人”可以理解为两种意思：一是世上沉于不幸的众生，二是背负着世人不幸的自己。无论是哪一种，其实都在幸运地一步一步死去。但是“唯独”和“努力”，却将这个人与众生划清，他是在他们之外的，特别的那个，也就是，看见他们不幸的那个人。

3. 空门

空门指的是佛法，因大乘以“观空”为其入门，便有了空门这样一种看似实在的说法。佛法中不存在门，一切皆空，自是无门。空门内外，也就是我们现在说的开悟与蒙蔽。

诗篇五　天气与我

天气先于我的心情而变化
灾难比信誉
还突然
心一冷
所有的人都在一句咒语上打滑
我从莫须有的罪名起步
行色简单
心术复杂
前程被充满杀机的预言一误再误
唯有刻在骨头上的经文
为我推托世事
一眼望去，浮尘中的英雄个个落魄
镜中的美女悄悄迟暮
我为了死 才一次又一次地活了下来
而其他的人却随处羞愧

赏析

那一年，桑结嘉措死了，死在拉藏汗王妃的手里。

那一年，仓央嘉措二十二岁，一年后，他便被拉藏汗强行押往京师。

这首诗，应该就是写在这一年之中。

这个时期，诗人的心情是非常低落的，陪伴和指导他多年的师父，在战争中殒命，让仓央嘉措的心情变得异常灰暗。

而天气，仿佛是孩儿脸，变得那么快，竟然抢在了他的前头，变得晦暗无光。这里的天气，当然不会是五月的一场阴风，或是七月的一场大雨，天气，本身就代表了形势。

在他还来不及从桑结嘉措去世的悲痛中转醒，拉藏汗就挟着暴戾的杀气奔向了他。充满恶意的空气，就像是多变的天气，将诗人笼罩。这突然降临的灾难，比终日辛苦构建的荣誉来得容易得多，无论是他，还是桑结嘉措。

原来世间的事，并不那么美好啊！

诗人的心，瞬间冷了。因为他看到，那些口中念念有词的人，那些号称虔诚的信徒，那个曾在五世达赖灵塔前虔诚地立下协议的人，没有一个是真诚的。

于是，他们都在六字真言上狠狠地失足打滑，他们制造了新的罪孽，他们制造了事端。

所有的人，都愧对了那句真言。

而诗人则被推向一个孤立无援的险地，他的脚下，被刻上莫须有的罪名：一个假喇嘛。

是如此恐怖的罪名，是将诗人之前的二十三年毁于一旦的谎言，拉藏汗想将他推下政治的深潭，那罪名，必须要有啊！但这并不能让诗人感到惧怕，也没有丝毫的委屈和愤恨。

他从这样的一个罪名安然起步向前，虔静地活着，面容平和，举止如常，那简单的行色，仿佛只是像往常一样，行走在布达拉宫悠长的走廊里。

可是又有谁能知道，他心中的复杂？

并非是心机叵测，并非是城府深重，那份复杂，是单纯的情绪。桑结嘉措死了，美丽的高原，落在蒙古汁王手中，就连诗人自已，也即将成为他手中的一枚棋子。

并非是他要复杂，可萦绕在他周围的天气，将他逼向了复杂的境地，他平静地在诗行中写着：“前程被充满杀机的预言一误再误。”

拉藏汗没有说什么，他当然也不会说什么，但诗人已经从他那充满杀机的眉目间，看到了杀戮的预言，一个牢不可破的谶言。

它像是无法翻越也来不及翻越的高山，横在诗人眼前，将他所有可能的前程，一误再误，围杀在越来越寂静的布达拉。

他们还给他留下了什么呢？除去他座下那莫须有的罪名，陪伴他的，只剩下刻在骨头上的经文。一行行，一字字，开合，涤净，在一声声的诵读中，它们从沉默的骨头上走下，遍布在空气之中，驱散那善变的天气，将悲惨的世事推托，将诗人护在这小小的一方屋宇之下。

在熟悉的文字间，诗人得到庇护，得到解脱，得到安慰。

即使是这样，眼前的一切，依旧是那样的令人痛心！

一眼望去，须弥山巅的浮云已经远去，在大地的浮尘中，真正的英雄一个个消沉落魄，衰弱无力，仿佛是被蒸干了气息的野果，散落在灰蒙蒙的世界。

师父桑结嘉措的身影，早已如镜花水月一般，消散在高原的风中，关于他的回忆，就像镜中美丽的女子，容颜渐老，无言迟暮。

诗人真的察觉到痛了。

他并没有喊冤，更没有呼天抢地地为师父留下一曲悲歌，他只是痛心地说：

“我为了死，才一次又一次地活了下来。”

我是为了最终的死亡，才努力着活下去，哪怕有再多不幸，也要努力不幸地活着。

在叵测的天气里，在莫须有的罪名下，在充满杀机的语言中，在美好凋零的每一刻，我伴着那些刻在骨上、不生不灭的经文，不幸地活着，只为了去死。

而那些人啊！那些不知羞愧的人啊！那些在佛的意志和真言上打了滑、跌了跤的人啊！他们正在随处播撒着自己令人羞愧的身影，那些让我看了都要羞愧的行迹，竟然是那样，在天光下昭然，俯首可拾。

题外小注

1. 天气变化、灾难与信誉

在这里天气变化指的就是灾难，灾难来得太快，就像天气的突变。信誉则是一种虚无的成就，相比灾难，信誉的到来似乎应该是个更漫长的过程，但是对诗人来说，可能并非如此。从一个天赋禀异的孩童，被确定为灵童，对仓央嘉措来说，并非是一个漫长的过程，所以信誉对他来说，也会有一定的突然性。

2. 一句咒语

这里的一句咒语，指的是六字真言。无须去想他们当年说过最多的咒语是哪一个，既是所有人，便一定是最尊崇的那一句：唵嘛呢叭咪吽。在西藏，这六个字是最高佛号，象征着神圣、力量、功德与佛法。无论是僧侣还是俗人，若能反复念诵，便能消除身上的罪孽，为来世造福，所以，这句真言在西藏随处可见。

诵念真言是为了祈愿功德圆满，与佛融合等等，正因为如此，诗人才会说人们在咒语上打了滑，偏离功德，颠倒莲花。

3. 英雄与美女

这里指的应该都是诗人的支持者。与拉藏汗的战斗，桑结嘉措手下伤亡惨重，而诗人将自己一直信赖的师父比作美女，并非是他平生耽于美色，而只是在借由一种美丽的意象，表达自己对师父的仰慕之情，这和屈原作品以及很多文学作品中的美人并无差异。

4. 为死而活

死与活的矛盾，在前几篇诗歌中也提到过，比如“不敢错过死期”“幸运地死去”，在这里，这种字面上的矛盾更加明显。从佛语的角度来看，死生无异皆是空灵，但诗人还是强调了自己是为死而活，并非是纠缠生死，他只是想告诉我们，他是怀着必死的觉悟在用力地活着，哪怕只是不幸，也要活，因为，他很快将死。除了他的悟，我们还可以体味到，他面对近在咫尺的厄运时，内心真正的勇敢与超群的坦然淡定。

诗篇六　我一走

我一走
山就空了
所有的鸟都朝着相反的方向偏激
我被俗世隐瞒
转身时又被自己撞倒
从此言行暧昧
对自身毫无把握
而一再遭受目击的人
大都死于口头禅
有的甚至死于美德
当那条唯捷径省略了朝拜者
我便在一滴花露中瞬间彻悟

赏析

这首诗中，满是诗人的迷惘和纠结，但他的这些迷障，又只是短暂的。

“我一走，山就空了。”

那么，当诗人盘桓在山中时，他感受到了自己的存在，他存在于山间，山在他的身体里、精神里。他在山中，山便耸立，他走了，山便成空，此间所有的鸟，都飞向了相反的方向。

可以想见这样的景象，诗人正在缓缓步出青山，而成群的飞鸟，从身后乍起，冲向另一方天空。它们拍打翅膀的速度那么快，飞翔的速度那样迅猛，那么，它们真的是鸟吗？

若此行诗中，“我”是诗人自己，“所有的鸟”是不是那些心怀反意的人呢？

佛像前，只有诗人一人，他一走，便无人诚心向佛，是为山空，而众鸟偏激奔向反方向，是为另一种山空。只不过，诗人在这一方，众鸟在那一方，本应纠连在一起的因果，在空山和佛前被狠狠撕裂。

诗人被空山遗忘，也被俗世隐瞒，无论时局、政局、战局，他都只是一名方外客，面前成堆的经卷，挽留着他激昂的心智，高高的宫墙，隔绝了他远眺的视线。

如此，就转个身吧，收回远眺的眼睛，将它们献给经卷，或许是另一种出路。谁料到，一转身，却迎面撞上了自己。

这个自己，不是转身的自己，而是依旧向前的自己，当前驱和回首一齐出现在诗人的意识中，他便被另一个念头阻碍，甚至，被自己牢牢地缚住。

撞倒诗人的，并非是他分裂出的第二精神，更不可能是他的另一个肉身，在这里，他只是用诗歌中最直接的方式，向我们展现着他脑海中意识的搏杀。

两个自己，仿佛是左手与右手，难分胜负，诗人的斗争似乎也是无果的，因为他从此“对自身毫无把握”，只能含糊其词，言行暧昧，因为他分不清，在自己的意识里，到底哪一方胜出，就像他说不出，是他一走山则空，还是他一走引得众鸟飞走，于是山空。

当诗人在疑惑中度日，他看向了身边那些意欲隐瞒他的人。

他们是那些遭受目击的人，他们不断地出现在众人面前，他们很忙，忙到无暇用心领会世间深意，忙到每个人都在嘴上挂一副口头禅，说着，念着，背着，却早已忘记它们的含义。

这些忙碌的人，已经可悲地沦入众生之门，他们是活着的，但在诗人眼中，他们身上的佛性已然消亡。

而那些被美德覆盖周身的人，曝露在更多眼球之下，被贪婪地凝视，直到他们身上最后的一丝恬淡也被人吸去。

那些人，是活在风口浪尖上的人，政务、军务，他们殚精竭虑，民生、民事，他们亲力亲为。就这样，他们放弃了好好活着的权利，一步一步地，在众人的注视下，走向了诗人眼中的死亡。

曾有多少人以为，那是一条通向圆满的捷径。

他们在偏离修为的险路上攀登，想从山的另一侧，登上那令人瞩目的高峰，他们一路朝拜而上，想要领受佛光，但这条路却将他们不动声色地抹掉了，仿佛他们从未踏上过这条路一样。所有的艰辛和修为，一样平等地被抛在路边，不管是死于口头禅，或是死于美德。

只有诗人还坐在地上，看着朝拜者们登上崎岖的“捷径”，看着他们在“捷径”上消亡，连一丝踪迹都不剩。

他正坐在地上，那是他被自己撞倒的地方，浓郁芬芳的花露从瓶中坠下，只一滴，便映照了所有朝拜者的身影。而诗人便在一滴花露中，瞬间彻悟，照见心内的自己，解惑，解惘，解了所有的纠结与混沌。

题外小注

1. 口头禅

现在口头禅的含义，已经演变成“每个人的习惯用语”“最喜欢挂在嘴上的词”等等。

但最早，口头禅这个词来源于佛教中禅宗一派，带有一定的贬义。

它的本意是指有些人不去用心体悟，而是把那些现成的经言或公案挂在口头，装作自己得道高深的样子，这种“不知也说知”的行为，被列在参禅的误区中。

不过，禅宗一派看重顿悟，很少通过文字来讲解，所以很多时候，师父会借助已有的经言和公案来点悟弟子，只不过这种行为就像“滥竽充数”中的南郭先生，懂与不懂，悟与未悟，只有自己知道。

2. 唯捷径

初看到这个词，首先想到屈原《离骚》中的“夫唯捷径以窘步”，若是这样，那这里的“唯捷径”就可以按《离骚》中那样，解成“只寻找偏离正轨的捷径去走”。

可是，在诗中，“唯捷径”的前面还有“那条”，于是这个“唯”字就变得有些令人费解了。似乎也只能将它解成“唯一”的意思，或者干脆不负责任地无视它，才能解释得通。

3. 花露

花露在通用的解释中，有花上露水、酒，以及以花叶蒸馏而得的液体几种含义，此处的含义，可能是花上露水，也可能是花叶蒸馏而出的液体，个人更偏向于解为“花上的露水”。诗人选择了一个很小却芬芳的物象，记录自己的彻悟时刻，向我们说着“一沙一世界，一叶一婆娑”。

诗篇七　拉萨河两岸

先是在拉萨河两岸遥相误解
不久便在细节中彼此注释
穿过一张张丧失了性别的面孔
来到群山中安息、修行
一粒无意间丢入土中的种子
无意间便轰动了高原
这时，恋人们腾出最敏感的地方
供我痛心
下雨了
很多人等着用雨伞辜负我
而我在接受捍卫的同时
内心也正在接受着雷劈

赏析

十五岁那年，仓央嘉措第一次踏上拉萨的土地。他自藏南而来，渡过美丽宽阔的拉萨河，走入高耸的布达拉宫。

当他来到拉萨城，站在拉萨河畔，眺望着远处雄伟的布达拉宫，他并不清楚，他的那位师父是怎样的一个人，想必，他的师父桑结嘉措，也同样站在高顶之上，想着他是怎样一个人。

于是，两个彼此不甚了解的人，在拉萨河的南北两岸，遥相误解。

不过很快，在日常的接触与交往中，他们彼此了解、彼此熟悉，在每一个点滴的细节中，为彼此精心注解，就像读一首美妙的诗歌，逐字逐句地品味。

师父引领着他，穿过那些业已成佛的面孔，循着他们的路，一直走向安静的山峦，在那里安息、修行，他们被群山怀抱，恬然安详，物我皆静。

似乎一切，都那样和谐而美好。

可是，一粒天外飞来的种子，被人无意间丢入了土中，那是桑结嘉措同门的兄弟噶尔丹。他在征战的道路上走得太远，终于引得康熙亲征，悲壮地死于战乱，而这片他曾驻留的高原，也为这粒种子长成的苦果狠狠地震颤着。

政局动荡中，看着师父日渐烦愁的眉宇，诗人感到痛心了。这深深的痛苦，只有恋人分离时候才会体验，只有沉浸在爱情中最敏感的心田，才能生出这样真切的痛苦。

善良的恋人们，为诗人腾出了这敏感的部分，专供他独自痛心，在那个下着雨的时节。

那一天，我看见师父去了，于是天也灰了，天地间，下起雨来。

好多人拿着雨伞，看着我微笑，他们是打定主意，要让我在雨中淋湿，他们在等着大雨瓢泼时，用手中的雨伞，狠狠地辜负我。

我静默地立在雨帘下，仿佛只是在承受清风中的日照，身后有人在叫嚣，有人在捍卫，我被好多把雨伞辜负，又被不知名的人捍卫，可是谁又知道，在接受捍卫的同时，我的内心，正接受着雷劈。

那些曾经穿过的面孔，那一座座修行的山峦，全都化进雨水，消失在令人震惊的电闪雷鸣之中，而我立在茫茫高原上，迎接下一道电光。

题外小注

1. 拉萨河

拉萨河发源于念青唐古拉山脉中段北侧，从拉萨市中穿过，最后汇入雅鲁藏布江。拉萨河流经拉萨市的南侧，而布达拉宫在河流的北岸，南北直线距离不足两公里。

2. 丧失了性别的面孔

所以诗中“丧失了性别的面孔”，指的就是一尊尊佛像的面孔。

性别是指男性或女性的分别，不过这个词只限于欲界六道众生，也就是我们所说的俗世，而天道众生，身心都无，更不要说是性别了。四圣更是如此，阿罗汉、辟支佛、菩萨、佛，都超越了男女性别，是“大丈夫身，绝无男女之相”，只在教化众生时，依教化对象现男身或现女身。

3. 无意的种子：噶尔丹

噶尔丹生于1644年，是准噶尔部首领之子，青年时来到西藏，投在达赖五世门下学习，或许是因为政治原因的考虑，达赖五世对他很器重，在西藏期间，噶尔丹与桑结嘉措建立了非常亲密的关系。不过，生性彪悍的他一直不能潜心学佛，只对舞刀弄枪感兴趣。

1671年，噶尔丹的哥哥，当时的准噶尔部首领僧格在内讧中被杀害，噶尔丹拜别达赖五世和桑结嘉措，赶回准噶尔夺取政权，成为准噶尔部首领。但他后期与清政府越来越深的矛盾，导致了最后的兵败身亡，也将素来与他交好的桑结嘉措推进了西藏与清朝政治斗争的旋涡中心。

诗篇八　野蛮的盲人

野花无法解救野蛮的盲人
野外的盲人任意盲目
用想象中的粮食度日是诗人的事
任何平头百姓或王孙贵族谁都穷不起
如果落难 骨头越贱越硬
人与人越爱越轻
死不瞑目的人就该睁着眼睛客观
活得不像话的人就该竖起耳朵听话
一想到人生没老没小
便去佛堂坚信没大没小
没你没我
想了想 一个好人
怎么活都活不好
好了好了好了
见好就收

赏析

都说佛祖悲天悯人，我们的诗人也是这般，只不过，有时除了悲悯，他的诗中还流动着愤怒，那是将颠倒众生相看在眼里、看入心底之后产生的愤怒，是抱怨、是愤慨，更是另一种更深刻的悲悯。

生性野蛮的人，从来不懂得欣赏，他们不会从一朵花开去看世界的美好，更不会从一颗晨星中体会宇宙的静谧。

若这个野蛮之人，恰好是个盲人，那么，他们只能永远在野外任意地横冲直撞，即使他们脚下，就是连天开放的野花，也无法解救他们一丝半点。

所以，那些美好而常见的事物，那些在寰宇中俯拾即是的体悟，对于那些慧眼被蒙蔽之人，毫无用处，他们依旧盲目地前行在生活的泥潭中。

但这些人，也有苦衷的吧？比如，生活的重担。

是了，精神食粮仅限于诗人，他们怀抱着自己超凡脱俗的爱好，只有他们才能满足于想象中的食物。剩下的人，下到平头百姓，上到王孙贵族，任何一个都要糊口，他们哪一个也不敢站出来，与贫困相守。

而当真正的苦难降临，身体安康的王孙贵族们反而筋酥骨软，哆哆嗦嗦；反倒是那些卑贱的小民，露出他们的铮铮铁骨，奋勇地与苦难斗争，因为他们每一个，都曾在苦难中活过来。可他们的勇猛，却留不住爱。

流连在人与人之间那无私的爱，比诗人的体魄还要不堪一击。在苦难面前，人活着，爱却死了，在匆匆忙忙的窒息中，它越来越轻，越来越缥缈，终于从一个叹息中飞出人们的身体，再不曾回来。

看到这里，诗人真的愤怒了。

那些死不瞑目的人，活着时欺骗了自己，死了却迟迟放不下执念，何至于此！既然不瞑目，就睁开眼看吧，好好地看看那些不曾面对的客观，是怎样真实的存在。

还有活着的人，那些口中念着经文，却活得越发不像话的人，早该竖起耳朵，好好聆听响彻天地的真言。

到那时，他们又开始变得软弱无助了。

因为想到了命数轮转，想到轮回的无休无止，想到年老与幼小只是这一世的区别，这时，他们才会重新记起佛堂。

人们涌入佛堂，诵读、参拜，细数着经文上的笔画，开始大声地说他相信无始无终、物我皆空，相信你与我是同一个你，是同一个我，是他们许久之前便已遗忘的无我。

这样一来，他们竟又是一个个好人了。

不过好人为什么怎么活都活不好呢？

诗人终于不耐烦了，为了虚伪的表象，为了佛堂中野蛮的盲人。

“好了好了就这样吧，这样吧，你们见好就收，就这样好了！”

再多的证悟，也无法解救野蛮的盲人，他们不是因为野蛮而变得盲目，而是因为眼盲才越加野蛮。明明佛就在眼前，就在身边，就像遍野开放的花朵，可他们就是看不见。

题外小注

关于这首诗的节奏和氛围：

这首译诗的气息，读起来和之前的几首很不一样。诗人的诗歌，很多都有开阔的襟怀和淡然的态度，就连写一场命悬一线的灾难，都是那样举重若轻，但这首诗中，却满是抱怨和激愤。“越贱越硬”同“越爱越轻”，接下来的一对“就该”，后面的“没老没小”“没大没小”“没你没我”，重复再重叠，再加上最后段落中每行都出现的“好”字，让这首诗的节奏显得异常短促，透着一种深深的嫌恶和不耐烦，仿佛诗人连这首诗，都不耐烦写下去，才会留一句“见好就收”。

诗篇九　生来渴酒

生来渴酒
那么谁去造就宝剑
锋芒中小人奋起
羞煞漫天云霞
酒色、福田、功德
无法标价
互相用眼睛煮着对方
谁能把谁放下
走吧走吧走吧

孽缘 随缘 缘缘不断
白云飘飘
一了百了

赏析

缘起缘灭，缘缘不断，缘在世上，世在缘中。

高大威猛的勇士，有着直上云霄的气势，谁人见他不会减了三分气焰？

可惜呀可惜，他如猛虎般骁勇，如雄鹰般敏锐，却偏偏爱那醇酒的香气。若是这样的勇士也生来渴酒，那么又有谁还能去造就宝剑，成就一番真正伟大的事业呢？

唉！还是不要谈伟大了，你们看，在那剑尖的锋芒中，小人摩拳擦掌，跃跃欲试，终于跟着那喷涌而出的光芒，一同奋起。他们兴致高昂，眼里放着光，同剑锋的光彩一样闪亮，看着他们拥向天地的样子，漫天云霞都羞得红透了脸，恨不能夜色来临，天地闭合。

勇士是沉默寡言的，小人却是锋芒毕露的。他们带来了酒色欢愉，摆在福田和功德旁，仿佛它也是可得福祉的沃土。

他们甚至笑着说："这和功德一样，也是无法标价的呀！"真是荒谬。

那个睡在酒坛旁的勇士醒来，发现了同剑锋一起生出的小人，他瞪大眼睛，凶恶地看着他们，当然，对方也不示弱，同样瞪大眼睛去回瞪。一双双眼中炽热的光芒，犹如锅中沸腾的热水，将对方的身影映入，再拼命煮着。

勇士厌恶小人，小人排挤勇士，勇士无视小人，小人诋毁勇士，从开始，到结束，又是下一个开始，无止无休，谁又能将谁从眼中驱除，谁又能将谁放下？

还是走吧，按照你们各自的方向，走吧走吧，该去哪里就去哪里，不要在这里固执。

既已无从标价，何必费尽心思，将剑锋在目光的对决中挫钝了光芒，连天上红红的霞光都映照不出。

就这样走吧，各自远去，就像一段孽缘，就请你们随缘，不要不服，缘缘不断的三千世界，还有你们未尽的缘。

就安分守己、各守福田地随缘而去，像那天上褪去了羞色、轻轻飘荡的白云一样相遇，再散去，就这样好自为之，一了百了。

这首诗仿佛是一语成谶，当拉藏汗的矛头直指向诗人，当诗人看到自己的身影投影在那满是恶意的双眼中，被苦毒的浓汤熬煮，他又想起了天上的白云飘飘。于是他从那个莫须有的罪名上起步，牵着孽缘，随缘而起，随缘而去，走下布达拉，走向高原的边界，就此，一了百了，只此而已。

题外小注

福田的含义

这是佛教中的一个专用词。顾名思义，福田，就是能生出福德的田地。

佛家观点，信徒敬侍佛僧、父母、悲苦之人，便可得福德、功德，就像农夫埋头耕种可得收成一样，而这些能助信徒修得福德功德的佛僧、父母、悲苦之人，被形象地称为福田。

其中以佛为大，是大福田、最胜福田，父母为孝善，是三界之中的最胜福田，按其福田对象不同，又有敬田（恭敬、功德）、恩田（报恩）、悲田（怜悯）三种，合称三福田。

诗篇十　一粒种子

一粒种子毁灭了多少人的梦想
混战时，好钢与好人一起被用在刀刃上
话题与话题之间仅仅隔着一场梦
解梦者是风
嫩芽 飞絮 春秋轮回
谁的宝剑能气贯长虹
尽快地活着
清新的早晨怀揣诗歌超度草木
省悟后低头认真回到厨房
一五一十地避免了一天的盛宴
诞辰之日从铁腕延伸到剑锋
饱受哀悼
……
到底谁配言归正传

赏析

还是那一粒名叫噶尔丹的种子。

许多年前，他从蒙古而来，又向蒙古而去。他无意间落在高原，一晃十年，纵是最坚硬的种子，也该长成一棵大树，不过这棵高大的树木，并没有给高原带来荫庇，却在盘根错节中，毁灭了无数人的梦想。他毁掉了五世达赖的梦想，毁掉了桑结嘉措的梦想，也毁掉了诗人应有的梦想。

在砸毁的梦想前，世间只剩下混战，他们一个追着一个，仿佛是奔走在混沌中的蒙昧之人，只能看到前方几寸的土地上，有仇人在飞奔。但至少还有领袖是清醒的，他还记得要将好钢和好人都用在刀刃上，去砍杀另一方的好钢与好人。

他们的话题也匮乏得几乎像是同一个人说出的那样，带上多少士兵，去到哪里会合，吞并了多少阵地，击溃了多少敌军。

如此相似的话题，仿佛是一个人走入了另一人的梦中，在同样的梦中，他们见过彼此，当梦醒时，彼此口中的号令，军令之中的话题，变得仅仅只是隔着一个梦。

隔着那个相似又缥缈的梦境，隔了那个彼此都没有唤醒对方的梦境。

而解梦者，是跨过高山的长风。它不会停留，不会怜悯，更不会为了谁去唤醒另一个谁。它只是自顾自地低低念着，谁在梦里，遇见过谁。

接着，是漫长的时节更迭，岁月在战乱中被无限期地延长，活一天，便是一世，而谁的一世，停在了哪一天?

嫩芽从曾经的冻土中奋然萌发，一绿，就是整片土地。柳林的飞絮弥漫在眼前，一飘，便落成了整个春夏。

当春秋的光影在时序中轮回，哪个勇士的宝剑可以刺破时空，让那满身正气直达云霄。在混战中，好多人来不及拔剑，就已死亡，谁又能怀着正义，成为那活下来的人。

他明明不该是勇士，不该是好钢一样的勇士，而该是这样的一个人——

在美妙的清晨，踏着清新的空气来到庭院中，用一首首婉转的诗歌，超度初醒的草木，他也会伴着草木一起，欣然省悟。

接着，他像最虔诚的信徒那样低下头，缓步走向厨房，就像他怀着虔敬的心情走入庭院一样，一步步地认认真真，就像那一年，走在朝圣的路上。

他这样走回去，即使是厨房，也变得一样清静。做着最简单的饭食，埋下头，用虔诚的行动，一五一十地简单生活。

日间的盛宴，并非他所想，更非他所愿。他只是安静地端着小小的碗盘，进一天的饭食，观一天的清心，这便是他的梦想。

无奈，一粒种子毁了许多个梦想，命数仿佛高山流水，从铁腕滑下，顺着指缝，落上宝剑，流淌到剑锋的寒光中，铸成了气贯长虹的好钢。

种子诞生成苗，有力的铁腕，舞动宝剑，飞满话题的混战之中，谁还记得有位勇士，曾认真省悟。

谁还在叹息，有位勇士，一出生，命数便从腕间延伸向了剑锋，他面对着谁的剑锋，被毁灭梦想，毁灭清心，明明才刚刚超度了草木，转身却要饱受哀悼。

而时序流转，转了一圈，又一圈，世间的人们，流亡在精诚之外，随处散落，哪一个才配被时光收回帐下，认认真真、一五一十地言归正传？

这首诗中的悲伤已经超出了看破生死，而是转为一种命数无常的绝望和感叹。战争的残酷，就像一场梦，夹在每天每夜的每个话题之间，当一切随风时，这些悲惨是否可以消解？奋力地刺出宝剑，只为了活下去，本该安静认真的行踪，被剑锋搅乱。当周围的人、事、物都在混战，诗人却在心痛，到底哪一方、哪一人才应该被认真地记住，认真地诠释，认真地，让他真真正正地活过一次，而不是淹没在春秋轮回的时序中。

题外小注

1. 解梦者是风

风最大的特点，便是它的不稳定性，何时起、何时住、从何起、至何住，完全没有定数，所以这样的一个解梦者，就不要指望它会有什么实质性的帮助了。诗人在混战中提到梦，又说解梦者是风，几番转折，便让人绝望地意识到，混战也好，话题也好，都永远不会有停息的时候。

2. 厨房

厨房的意象，并非一定是庖厨之人。厨房的产物是餐饭，是世人赖以生存的食粮，这未尝不是一种务实于佛法的暗喻，佛法是信众的全部慰藉，如同饭食是世人行走的脊梁。

3. 铁腕与剑锋

铁腕本该与武器相对而生，但诗人在这里还是特别地提出了“延伸”，便是先有铁腕的种子，再生出闪光的剑锋。从诞生之日便走向杀戮的剑锋，从一出生，便注定将被哀悼。这生不逢时的勇士，比喻的应该是诗人自己。他被那粒种子毁灭了梦想，又被它拖着，奔赴混战中的剑锋，于是在诗的最后，他哀悼着自己，也哀悼着不知多少个气贯长虹却没能活着的勇士。

诗篇十一　世间所有的路

我用世间所有的路
倒退
从哪儿来回哪儿去 正如
月亮回到湖心
野鹤奔向闲云
我步入你
然后
一场大雪便封住了所有人的嘴

赏析

世间的道路，错综复杂，扰人耳目。牛马在土地上踏出道路，苍鹰在天空中飞出轨迹，还有人类，走在牛马踏出的道路上，让思想追逐着雄鹰，在天际追逐太阳与月亮。

那么，到底哪一条路，才是我们走来的那条？是哪一条路，引领我们走到今时今日？还分得出吗？

我们早已记不得，就像记不得流年是何时将我们的身体拉长，让我们在正午阳光下的影子，也跟着越来越长。也许诗人也不记得了，不记得他是怎样走过家乡门隅雨后的小路，又是怎样离开那里，一步步走进布达拉宫。

不过一切无妨，因为诗人说，他将用世间所有的路倒退，他来时走过的，他未曾走过的，他听说的，他未曾听说的。

他会找到它们，从脚印消失的地方，从雨水冲刷过的原野，一条条，一寸寸地，将它们倒退着走过。

他要从哪里来，回到哪里去，回到那个让他身心安详的乐土。

就像，月亮回到湖心，在澄明的水中沉静，卸下一世的喧嚣，从容地显出它那圣洁的光芒。又像是野鹤终于奔向了闲云，在水天一线的那一边，追着乘风的云朵，自在飞翔。

诗人看着它们各得其所，看着它们回到了最初，他倒退着，用尽力气，用着世间所有的路径与通途。

他说："我也将步入你，仿佛月影踏入湖水，仿佛白鹤睡在云端，我也这样步入你，融入你的所在。"

他用自己的全部，用世间的全部走向的，那个他从此出，又归于此的，到底是什么呢？

是无量的佛法。他从那里来，又像一个迷途的孩子一样，奔回那里。

就像月亮倒映在湖心才最恬静，野鹤伴随着闲云才最自在，诗人只有投入佛法之中，才能得到大自在。

他自佛法中生，从佛法中来，但世间的一切，又让他迷失了道路，于是他掉过头，用他的全部倒退，一步一步走回去。

当他步入它，一切便祥和了。世间的纷乱与嘈杂都离他而去，佛光恩泽，就像一场大雪，纯净了整个天地，也封住了，所有庸人的嘴。

题外小注

1. 月亮、湖心、野鹤与闲云

月亮代表宁静，野鹤是为自在，在文学作品中，这两种物象是经常被人提到的，甚至不需要过多解释，就能将其中的寓意传达给读者，因为它们一直都是这样的存在。

而湖心明月、闲云野鹤的意象，将月亮和野鹤，循着它们本身的寓意又加深了一层，本已经宁静自在的物象，因为回归了自己本心，而变得更加美好，诗人也是一样。

2. 大雪

这里的大雪也是意象化的，并不是发生了客观事件，才有“封嘴”一说。高原地区常见大雪，在这种极寒天气中，是很少有人愿意出门的，所以雪天总是异常宁静。在雪天立于廊下，就像将身心供于佛法，清静悠远，世间只有无声一人，佛前只有无我一人。大雪封住了嘴，只是诗人在用一个客观的场面，向我们解释“月亮回到湖心”“野鹤奔向闲云”，以及他融入佛法的宁静、自在、满足的心理体验。

诗篇十二　满身春色的女子

那个女子
满身都是洗也洗不尽的春色
眸子闪处，花花草草
笑口开时，山山水水
但那块发光的松石
却折射着她一生的因缘
她坐在自己的深处避邪
起来后再把那些误解她的人白白错过
一挥手
六尘境界到处都是她撒出的花种

赏析

我遇见的那个女子啊，实在是太美好，满身春色，天天如桃花之色，就是落进那奔腾的雅鲁藏布江，也洗不尽那甜美的春色。

她黑白分明的眸子闪了闪，冬天的花草也为之开放，她红白分明的唇齿笑了笑，天地间的山水都在震颤，她是那么的，春意盎然。

一切美好，都在女子的身旁围绕，可是，那块闪闪发亮的精致松石，悄然无声地卧在那里，却泄露着她所有的秘密。那璀璨的光线折射而出，正映照着她一生的因缘。

缘起缘灭，一块松石，看穿今世。

那女子将春色敷于言表，却将自己安于深处，就像那颗辟邪的名贵松石，用它的外表迎着光线，而将坚硬的石心藏在光芒之下。

她静坐在自己的深处，观念，观心，观己。她将自己从尘世嘈杂中抽离，避这世间所有的邪。当她感到内心已足够宁静，她便从心的深处站了起来。

周围环绕着误解她的人，有人在说着她的眼中春色荡漾，有人在说着她的手指有如春花娇嫩，有人在说着，她就是春色，是一切惹人遐想的源泉。

但是那女子，看也不看地向前走去，将这些误读的声音抛在身后，将这些人一个个错过。

她不需要他们付出代价，虽然，他们一而再再而三地误读、误解着她。就让他们白白地误解她好了，她会和他们白白地错过，和他们口中的“非真”的她错过。

她从自己的深处起身，走向世界，她只是挥一下手，六尘之境，便落满她撒下的花种，等待着下一个春天，绚然开放。

在于道泉先生和曾缄先生的译本中，找到了与这首译诗相似的诗，以做参考和对比。

于道泉先生译诗其四：“邂逅相遇的情人，是肌肤皆香的女子，犹如拾了一块白光的松石，却又随手抛弃了。”曾缄先生译诗其四：“邂逅谁家一女郎，玉肌兰气郁芳香。可怜璀璨松精石，不遇知音在路旁。”

在三个版本的译诗中，都有形容女子香气如兰的描述，“洗不尽的春色”“肌肤皆香”“玉肌兰气”，都是极言这名女子之美。

本首译诗中虽然没有提到“邂逅”，但“那个女子”本身，因为有了“那个”一词，直接化身一个有距离的称呼。

三个版本的译诗中，也都提到了松石，“发光的松石”“白光的松石”“松精石”，总之这是一块非常好非常贵重的石头，就像那个女子，是惹人瞩目的。

之后便是“错过”，本诗中，错过的原因，是因为人们对她的误解，这种误解本身，切断了她和众人之间沟通的纽带，是一种有具体原因的错过。

绝大部分研究者认为，于道泉先生的译诗是偏重直译的，但这种直译，有时会显得过于简单，以至于意义不明。比如，拾了松石又随手丢弃，这必然也是一种错过，但这种错过却让人有些摸不着头脑，邂逅的情人，是那么美好的女子，为什么要抛弃呢？

到了曾缄先生的译诗中，就显得多少明确一些，女子是有的，却没有遇见知音，就像一颗松精石，无人懂得它的价值，只将它随意地扔在路旁。

在寓意上，于道泉先生和曾缄先生的译诗是相近相通的，说的都是“女子如何被错过”，所以很容易被人误解成一首“擦肩而过的情诗”。

在本诗中，写女子的错过，是观照了她的内心，译出了她将别人错过的含意，而这种错过，更像是女子有意为之的。

是为了安于自己，是为了避邪，是为了远离那些误解她的人。

诗中女子的形象，便也跟着丰满生动起来。不过，这个用墨如此多的女子，到底是谁呢？还是不要纠缠在“女子”这个字眼上了，因为很可能，诗人只是想用女子，暗示佛法，或借喻自己。

若女子是暗示佛法，那么任何夸赞她美好的词汇，都能说通，发光的松石也成了一种辟邪护身的物象，佛光普照，观念，观心，观己成佛。

所以自然地，当她飘然起身，那些误解和不信她的人，便如浮云一般顷刻飘散，而她挥一下手，就在世间撒满了莲花。

如果说这女子是在暗喻诗人自己，也是解得通的，只不过“误解她的人”，恐怕是诗人在暗喻自己身处的环境中，那些误解、反对甚至迫害他的人。

无论如何，诗人是将他对佛法最美好的想象写成了这个女子的印象，呈现在我们面前，在这种春光般的美好中，一切的误解都能避过，六尘境界中，定有莲花朵朵盛开。

题外小注

1. 松石

松石是藏族人民最喜欢的一种宝石，它的意义也非比寻常。在第一个藏王的王冠上，就镶嵌了绿松石。松石还被作为神坛的供品，藏王会将松石当作礼物送给身居高位的喇嘛，也会将它们当作贡品送给邻国。

松石大量地出现在藏族人民佩戴的饰品中，根据传说，绿松石代表人类的灵魂，如果人们将绿松石丢进河里，那个人的灵魂就很可能离他而去。即使是现在，松石仍然是藏族人民最常装饰的宝石，他们相信好的松石可以避邪、护身，保佑他们安康长寿。

2. 六尘

佛家将色、声、香、味、触、法称作六尘。这里的尘是污染的意思，也就是说，它们会污染人们的情识。色、声、香、味、触、法分别对应眼、耳、鼻、舌、身、意，也就是我们现在常说的视觉、听觉、嗅觉、味觉、触觉五感以及人的意识。

因为有六尘的污染，人们的心中才出现好坏、美丑、高下、贵贱之分，由此生出妄想、执着、烦恼，衰减善心，劫持功德，所以六尘又被称为“六妄”“六衰”“六贼”等。

简单说，六尘蒙蔽世人感官和心智，污染慧根，令人生出杂念，是佛家清心修行的大患。

诗篇十三　为了遇见你

为了今生遇见你
我的前世
早已留有余地
天一黑
家家丢人
那些任性的女孩
都在虎皮花纹中走散
那些不任性的高僧
都在顽强地举例
而一场秋雨
却篡改了
世上所有的鹦鹉与画眉
忘我的我
在寒风中
舒舒服服地
坐失江山——
我不是我
谁又是我呢

赏析

这是诗人写给自己的导师——第巴桑结嘉措的诗。

为了今生的相遇，诗人在前世便开始准备，这一世，他是达赖六世仓央嘉措，而前世，他是五世罗桑嘉措，是桑结嘉措的老师。

世上的关系，就是这样奇特，上一世，他是桑结嘉措的老师，而这一世，桑结嘉措又成了他的老师，而诗人的转世，仿佛就是要与桑结嘉措相见，而这前一世留出的余地，便显得更加意味深长。

在前世，那些诗人没有说的话，没有做的事，可以一一完成。前世的他留下一本书，还没有读完，这一世，他可以听着桑结嘉措为他讲解。前世的他，还有未完成的事业，这一世，他们可以一起完成。

前世里，所有的未完成，都是为了在这一世里，共同体味。

这便是诗人和桑结嘉措的全部，在轮回中，他们互为师徒，在往生中，他们互相扶持。前一世，诗人等候桑结嘉措的到来，这一世，桑结嘉措等待他的成长。

他们在流转的时光里，一直拥有彼此，在今生的时光中，填补前世的余地。

而世间的黑夜，却在未曾察觉时，悄然来临。

它笼罩了天地，笼罩了高原，也昏暗了两人的前世与今生。

当黑夜来临，众生陷入茫然境界，五感盲目，慧根蒙尘，每扇家门，都有人在走失。他们就像被蒙住双眼的盲人，在黑夜中，追随妄念的指引任意地走着，他们就这样跨出了自己的心门，迷失在尘世之中。

蒙昧无知的世人，仿佛一个个任性的年轻女孩，因为年轻，所以既危险又脆弱。他们勇敢而不畏凶险地沿着歧路向前，走在地毯的虎皮花纹中，仿佛是走在真正的虎皮上，可他们很快便走散了，消失得无影无踪。

剩下那些谨守身心的高僧，正在昏暗中顽强地举例，解释这无边的夜色。他们大声地诵经，想要循着虎皮花纹，找回那些走失了的、如同女孩一样脆弱的世人。

可一切都已经来不及。

在七月冰冷的秋雨中，诗人看着桑结嘉措走向灭亡，世上聒噪的鹦鹉和婉转的画眉，都歇了声音，它们一同被这场秋雨篡改。拉藏汗篡改了高原的历史，而高原的历史，又篡改了这世上所有的美妙。

就这样，消失了。伴着秋雨的蒸腾，消失得无影无踪。

在政治斗争中，诗人力量微薄，他更多的时候，只能从佛法中寻求庇护。

这便有了后面的诗行。

因习修佛法而忘我的诗人，平静安详地坐在秋雨过后的寒风之中，就连坐失了江山，也没有让他更多地感到恼怒。并非是放弃了事，只是，得失之间，全在本心，江山或得或失，在诗人的心中，已经不会再掀起波澜了。

这时，诗人无我的我又走出来，问着自己，谁又是他。

这个巧妙的问题，问尽了诗人的一生。

拉藏汗说，他是假喇嘛，所以，他不是他。可是，如果他不是他，那谁又是他呢？纵是无我，也是有他的，无论是前世或是今生，无论是秋雨还是春色，也无论江山政权的得失，他就是他，一个行走在黑暗尘世中，携着前世今生与桑结嘉措相会的，顽强的悟道之人。

题外小注

1. 虎皮花纹

这里的虎皮花纹，是藏毯中的装饰性花纹。花纹的构思源于老虎，虎是百兽之王，与龙、凤、麟、龟并称五灵，所以这种图案只能在宫廷、寺院和贵族家中使用，象征了至高的权力。

西藏早期部落首领的座位上都蒙着虎皮，自从出现了地毯，西藏人便把虎皮纹织进了地毯中，用作装饰，以显示其地位的高贵。

所以，诗中在虎皮花纹中走散的女孩，最直白的解释是贵族家的女孩，不过在这首诗中，它很可能是在比喻那些有权有势却盲目蒙昧的政治权贵。

2. 秋雨

篡改美妙的秋雨，是指桑结嘉措的死。1705 年 7 月 17 日，退到堆龙、曲水一带的桑结嘉措被蒙古兵捕获，当日处死。西藏有自己独特的历法——藏历，通常，藏历的新年和汉族农历春节重合，或是推迟，藏历的七月，按照公历推算，正好是八月末甚至是九月末，秋季正当时。

诗篇十四　用一朵莲花

用一朵莲花商量我们的来世
再用一生的时间奔向对方

游山归来 世道人心已变了千年
门前的河流正在被陌生的民风歪曲

一个人征用千千万万的人
反过来就遭到应征者没完没了的怂恿
只好去野外独立
并设法补救种种遗失的借口

高原下，帝国依旧勇猛地科举着各色人物
爱面子的人天天背叛镜子
却不敢轻易伤心
他们为了一己之利而尿急尿频
从厕所中沾染了过多的不良风气
……

你穿过世事朝我走来
迈出的每一步都留下了一座空城

这时，一支从来世射出的毒箭命定了我
唯一的退路

赏析

“可不可以，化作你面前的一朵莲花，用它的绽放和你商量，我们终将重逢的来世。当这一世的莲花开放，我用一生的时间奔向你，为了今生，为了来世。”

奔向对方，未必可以最终投入彼此的怀抱，可是，那是诗人毕生的追求，对佛法的不懈追求。他奔向无量佛法，是他的精进，他能感到佛法也在奔向他，是因为佛法的无边和博爱。

只两句话，便说尽了他潜心修佛的今生与来世，也诠释了自己对佛的无比虔敬。

这首诗虽然以圣洁的莲花开篇，却并不美好。

先是，从清静的空山修行归来，却发现世道和人心，早已变幻了千年模样。正是同了那句“山中一日，世上千年”的传说，山中潜心清修，不想世事竟如风云，转瞬变幻。

诗人未变，可周围的一切都变了。就连布达拉宫门前流淌的拉萨河，也正在被陌生的民风歪曲了形态。

今生的莲花还没有凋零，诗人还没有足够的时间奔向大善，怎么一切都变了？人们的笑容变了，河水变了，就连空气，仿佛也变了味道。

变化的原因，是因为战争。

诗人用最直白的方式，描述了战争。战争，是一个人征用千千万万人，指挥千千万万人，最后，当一切如那个人所愿，他就会被胜利冲昏头脑，那些活着和死了的应征者，也会鼓噪着怂恿他去冲击更高的城墙和塔防，去报偿那些在战争中死去的人。他们会不断找出理由，催促他去下决心，就像恶魔在怂恿着人类去犯罪。

有一天，当这个人终于不能承受，他便躲到一个人的野外，独自反思，独自去附会那些战争的理由，那些死亡的借口。

不过，这只是一个人的独立，尘世中还有很多很多的人。

诗人站在布达拉宫，看着高原下的蒙古帝国，依旧勇猛，依旧不懈地将各色人物提拔，一切都还在继续。

他身边充斥着虚伪的人们，他们无视自己的内心，却整日对着镜子左顾右盼。他们只知爱惜脖颈上的那张面皮，他们口口声声说着是多么热爱镜子，却在一天天一年年地背叛镜子。

他们将虚伪美好的脸献给了镜子，又在转身之前、入夜之后，显露出最不堪的自己。他们让自己的生命，只有一张薄薄的面子，吹弹可破，于是更要花费全部生命去呵护和照顾。

他们观面观相却不肯观心，因为早已忘了，心睡在身体的哪个角落。面对着镜子，他们永远想不起，也不敢捧出本心，便也不敢轻易伤心，心到底在哪里？在镜子里，看得到吗？

那些人满心都是一己之利，最后害得自己“尿频尿急”，以至于不得不频繁如厕，结果，在厕所中沾染了那么多的不良风气。

诗人说着莲花，谈着来世，却忽然冒出了这样直白的唾骂，难以想象，他对当时的环境感到多么痛心，又是多么厌恶。

……

“而我至善的佛法，你从我们的来世和今生向我走来，穿过一桩桩业已变幻的世事，穿过一张张令人不堪的面孔，一丝不改，平静安详地向我走来。每一步，都开出莲花，都开成一座空城，空了所有的虚伪浮华，空了所有喧嚣纷争，无有恐惧，无有挂碍，无有执着烦恼，平静如我。”

诗人这样说着，闭上眼睛，张开双臂，去迎接向他走来的佛光，拥抱他用一生时间奔向的美好，这样近，这样的近。好像，一切都该圆满了。

这时，一个恶毒的谎言无端生出，仿佛是一支毒箭，从未曾知晓的来世射出，将诗人定格在这美妙的一刻，之后，他的路只剩下一条，那是唯一的退路，也成了唯一能让诗人回到佛前的路。

于是一切都不再有意义，没有空城，没有山河，只剩下，佛前最初的那一朵莲花，悄然绽放。

题外小注

1. 镜子

这首诗，不能简单地理解为镜子与照镜之人，当年神秀与六祖慧能都有“明镜台”的偈语，因此，本意为梳妆台的“明镜台”，也成了佛性的代称。诗中的照镜意象，其实和佛家所说的观心是一个意思，所以诗人在镜子之后紧接着就提到了“心”。

2. 厕所

这是对“背叛镜子”的具体解释，非常具体，我们甚至可以想象出那样的画面，那种令人发指的肮脏与污秽。写到此，诗人几乎已经尽其所能地抨击着那些虚伪势利之人，但大部分时候，也只能是在言语上，甚至只能在诗歌中进行抨击，这也更增添了诗人的烦恼。

3. 空城

空城可以理解为无人的城池，虚静的心情，和空山相似，是取了净六根之意。

4. 毒箭

诗中的这支毒箭，虽然射自来世，但并非是在诗的首行就“商量”好的，它是一次意外。毒箭，暗喻拉藏汗对诗人的构陷，至于说它“从来世射出”，是因为若诗人是假喇嘛，那么他会像桑结嘉措那样被处死，之后，人们再去寻找一个真正的活佛转世，也就是诗人的来世，所以这支毒箭，便实实在在地带着拉藏汗的诬陷，成为从来世射出的宿命。

第二辑

水空篇

水镜无瑕清净
雪花跟着桃花一同摇落
只有梵心逃入了星空
我在一念之间
望见地狱与天堂
再用一世的时光体谅时光
莲花下
国色天香

诗篇一　彻悟后

彻悟后，便去水中捞月
沿途花事轻浮
谎话香艳
我在起点与终点之间两全其美
却无法禅定于一夜琴声
直至悠悠的琴声被暗香淹没
我才刚刚赶到岸边
片刻之间
已被一缕清风绣在水面

赏析

彻悟后，身心安详，意志坚定，这时，诗人怀着一颗欢喜的心，准备到水中去捞月。

他要将那代表着空的月影，从水中捞出，捞，空空，再捞，依旧空空，这不正是彻悟的道理吗？行动，付出，换来的，正是彻悟后的空。

不过，这条通往水岸的路，却并不顺畅。

诗人一路走来，看到花开花落。花事轻浮，那片刻的绽放，仿佛是春日的微风，又像是春夜的梦境，在花瓣不知疲惫的开合间，世间的谎话也染上了香艳的气息，它们扑面而来，萦绕在诗人衣襟和步履之间。

无妨，诗人有最美妙的起点和最欢愉的终点，他从彻悟中走来，走向空明的水月，在它们之间，是毋庸置疑的两全其美。

那么这中间的路途，也该是完美的，可是，当诗人伴着夜间的琴声前行，却发现他无法收入心神，专注于那悠悠的琴声。

在那悦耳的琴声中，他的心不知飘向了何处，他竟然，放缓了脚步。

似乎是忘记了月亮只会在夜间出现，诗人听着琴，在途中游移，香艳的谎话没能阻挡他的脚步，他却在悠悠琴声中流离失所。

直到琴声渐寂，最终被流淌在空气中的暗香淹没，诗人才刚刚赶到岸边。

他没有说，是否还来得及捞那水月，也没有说，晨光是否已经熹微，只是，他在岸边看见了自己的倒影，比水中月还要清澈。

他才刚刚赶到岸边，一缕清风就吹皱了水面，只是转眼间，便将诗人的身影混入波痕，绣上了水面，落成一张绝世的风景，结成了两全其美之后，另一个美好的终点。

题外小注

关于水月与彻悟

很奇怪，水中月影，明明只是虚幻，按照佛家说法，属于眼尘幻象，诗人既然已经彻悟，为什么还要去执着水中月影呢？

水中月影代表的，其实是佛家追求空的境界，即“相皆是空”，所以，月影是空，捞月，便是捞那“空”，这正是诗人对彻悟最形象的表述。

诗篇二　澡雪的夜晚

澡雪的夜晚人心清秀
远处寒水轻舟 负心者夜夜盗汗
节日里举起酒杯准备绝望
不惜赔上所有的路也要挽回败局
却仍是情色苍茫
一觉醒来，对着镜子明辨是非

为不成立的君子改错的人
不停地陷害自己
丛林深处全是小道消息
而世外的梅花一瓣一瓣地恋旧
落伍的战将便开始用残雪粉饰太平

赏析

又是一次雪落，夜晚被雪色洗染，就连那浓墨一样的漆黑，也跟着浅淡下去。杂念顿消，行走在世上的人心，也跟着变得清秀了，一切都变得干净而纯粹。远处，冰冷的水面上，有柳叶般的小舟，在轻轻荡漾。

在如此冰凉清静的环境中，却还是有人一阵一阵地在睡梦中发着汗，那是负心者的惊悸，在每个深夜，从他们的心底偷偷渗出。

热闹的节日里，人们举起酒杯欢庆，可谁又知道，即将来临的绝望。在诗人以小观大、以心观世的诗行中，福祸总是相依相伴的，于是在他的眼中，人们举起酒杯庆祝的，只有他们还未知晓的绝望。

果然，绝望来临得很彻底，就像人们的堕落，总会在最后一刻揭开。于是那些在节日中举杯欢腾的人，又拼着命想要挽回败局，他们想尽办法，费尽心机，甚至不惜赔上所有的路，向前的、后退的、来时的、将去的，都一并押在上面，只求翻身。

可一觉醒来，依然是满眼苍茫，情、色、爱、恨、成、败、物、我，全然只在镜中，连那些本应察察可见的是非，也跟着缥缈不定，想辨分毫，只能在镜中寻找。

想想举杯时的欢愉，如今只有镜子相对，照见所有的败局，终成败局，世间一切，如镜中花，皆是虚妄。

看看那些头顶“君子”名冠行于世上之人，有多少人在为他们辩解，仿佛他们的错，便是他的错。他就这样不断地改正着，辩白着，用自己的路，挽回他们的败局，就这样一步一步，不停地陷害自己，将自己逼向不复之劫。

那些无力得见天日的小道消息，都藏身在幽暗的丛林中，就像蝙蝠热爱山洞，鬼魅迷恋深夜，所有登不上厅堂的故事，都游荡在昏暗的隐蔽中，隐藏在每一道密不透光的高墙之内。

只有梅花开在世外，在寂静的雪地上，用它不多的花瓣，数着自己的故事，念着世人的旧尘，笑丛林的晦暗无光。

而当它终于一瓣一瓣地慢慢飘落，雪也跟着落残了，那些在败局中迷路的战将，又转过身，捧起融化了大半的积雪。

来得太晚了，圣洁的脚步早已过去，梅花凋落的残雪，已无法再用它洁净自己了，若是想在残败中胡乱涂抹，粉饰一下太平，说不定，还会有人站住脚步，看上一眼。

诗人的描述，时常会给人一种矛盾的感觉，在这首诗中的上半部分中也表现得非常明显。不过，这正是他与常人不同之处，世人未有开悟，所以看事情既近又单一，诗人恰是看到了繁华之后的冷清，唏嘘之后的寂寥，将万物的变化一并纳入心神，才能道出那些开合宏大的诗句。

题外小注

1. 澡雪

澡是洗涤之意，澡雪便是以雪清洗，引申为高洁。雪色洁白，晶莹无染，古人认为雪象征着纯洁，是至纯至清之物，用净雪清洗身体，可以清净神志，脱去一切干扰。也因此衍生出“澡雪精神”一词，意思是清除精神和意念中的杂质，使神志、心灵保持纯正无邪。

2. 盗汗

盗汗是中医病名。指的是入睡后出汗，醒后立即停止的病征。因为盗贼都是在夜里鬼鬼祟祟地活动，所以古人将这种症状称为“盗汗”，形容人们入睡或即将入睡时，身上的汗像盗贼一样偷偷流出来。

3. 不成立的君子

这应该是诗人在比喻那些登上高位却邪恶自私的人，译者在这里用了“不成立”，而不是“假”“虚伪”之类的词，是因为君子的头衔，不是那些人自己所称，他们是君子这件事，已经成立，他们很可能是“被君子”的，之后又装成君子的样子出现在众人面前。对于这种“已立”的君子，才有了“不成立”这种说法。

诗篇三　众生膜拜

众生膜拜 膝下的每一寸黄金都是误区
酒色暖洋洋
龙与虎之间人人折中
嗓子落满了红尘，江河在琴弦上走调
今生 来世
一句佛号便是过渡段
跑出视野的马又回到了普遍的缺点上
草与盐哪一种恶行更配鼓吹
现在，花朵与春天无关
除了享用
生命与死亡也毫不相干

赏析

众生膜拜，崇敬的心声响彻寰宇，可是，他们跪拜的是什么呢？

不如说是众生屈服，屈服于一席春色。娇媚的女子是温暖的，火辣的酒浆也是温暖的，在这一片暖洋洋的享乐中，他们煞有介事地膜拜着，于是，膝下的圣洁，全都成了错误，纵使被装扮得多么金光闪闪，也只是一个个误区。

离了这暖洋洋的盛宴，若将他们投在凶猛的龙虎之间，他们又要被气势汹汹的锋芒吓呆，收起内心不多的坚定，急匆匆跑到中间站下，非龙非虎，亦龙亦虎，牢牢地抱着中庸的门柱，在气焰下折中了自己。

一切都失了本心，曾经放歌的嗓子，被红尘侵蚀，一层层落上灰，宛若细沙蒙住眼帘，不再清脆，不再高亢，更不能再歌唱；而那些如琴声般流淌着的江河，跌落在泥沙的旋涡中，和鸣琴一起走调。每一弦每一柱，都曾是清澈的水痕澹荡，如今却像蒙了红尘的清嗓，沙哑地抖动，而那音阶，早已不知道飞到哪一层去了。

佳音断线，江河改道，渡桥失了意义，人们携着酒色膜拜，曾经的清音扭曲了过往，但这也无妨。

因为众生从未被舍弃，从今生，走向来世，只一句佛号便足够，就让它将众生渡向彼岸，生世流转，一瞬间，一念间。

就是这样，就该这样，连奔得无影无踪的野马，也绕回了最初，在桩子前不耐烦地跑着土地，所有的景象，都变得一如往常。

它只是有些野性不羁，只是有些躁动不安，一句佛号，一场轮回，洗净它出逃的行径，让它的缺点再一次回归普遍。

它埋头啃着草叶，人们食着盐巴，一起在土地上留下恶行，可谁的罪行有言说的意义呢？既然嗓子已经干哑，琴声已经萧条，任何叙述和记录都只能成为鼓吹。

一切都变了样子，满眼只有无度的误区，甚至将花朵从春天的怀抱中扯下，让它在四季开放，而除了享用日间的欢腾和酒色的温暖，生命也忘记了死亡的到来。

红尘烦扰中，众生膜拜着美好，却又将美好压向了膝下，落成一寸寸的误区。

题外小注

1. 膝下的黄金

语出宋代释普济《五灯会元》卷十二，“大丈夫膝下有黄金”，意为不可轻易屈膝下跪，在明代凌濛初所著《初刻拍案惊奇》卷二十一中也出现过“男儿膝下有黄金”这样的说法。

这个典故用在这里，是诗人比喻膜拜时膝下的重量，既重，则应慎重。可惜的是，诗中的众生，将膝下的黄金跪成了误区。

2. 折中

折中也可以写作“折衷”，有两个常用含义，一是两间取其正，用作判断事物的准则，但更常见的，是第二种解释，也就是通过调节使某种东西适中。在诗中，折中取第二种解释，并有贬义倾向，下接红尘和走调，正是“折中”态度引发的恶果。

3. 佛号

佛号是诸佛及大菩萨的名号，佛教认为，称佛名号会带来巨大的功德利益。佛祖释迦牟尼佛的佛号是“本师释迦牟尼佛”，另一位最常出现的是阿弥陀佛的佛号，全称比较长，简称就是我们熟知的“阿弥陀佛”，很多教徒提到持佛名号时，经常是专指“阿弥陀佛”这个佛号的。

诗篇四　一匹追赶春天的烈马

一匹追赶春天的烈马
不懂顿挫
顺着那条魔道
一味脱缰
从草料
到湖面上的薄冰
从疯狂地继承
到奋力摆脱
所有的耳目一齐夸张

远处
在温泉中打盹儿的少女
伸了伸懒腰

赏析

这很可能是诗人写给自己的一首诗。动静、有无，在这首诗中，如画卷一般展现在我们眼前，也将所有的不安和悸动表露无遗。

这是一匹被冬天围困的烈马，它刚刚从严寒的禁锢中逃出，自由将它的心脏烧得一阵阵颤动，那火烈的性子，正被无限放大。

现在，它正双目圆睁，奋力地伸开四蹄，想要追上春天的脚步。

不过，春天岂是那么容易被追到的？若是静坐在水边，能看到微风融水，若是静立在草地，能看到春草吐绿，只需静静地，春色便会出现。

但马匹怎会懂得这样的道理？它只知道顺着那条令它着魔的歧路，疯狂地奔跑，不懂何时停顿，不知何处转折，在看似一往直前的道路上猛跑，缰绳早已不知甩向了何处，只剩下越来越急的马蹄声，敲响地狱中的睡神。

它奔驰在脱缰的错误中，冲出厩栏，跨过在冬季赖以为生的草料，一路奔驰向湖面，想追上春天。可是春天的脚步走到湖边，便潜入了将融的薄冰之下，在冰水交界的地方，轻轻晃动。

草料是生长，而薄冰，是灭亡。沿着魔道，凭着脱缰的野心，烈马将自己送向即将消融的冰面，那春风吹皱的湖水，竟如它的鬃毛一般，有着细长的影子。

它曾艳羡冬日里成捆的草料，富足而温暖，就像迷茫中望见的佛光，闪闪入怀。它疯狂地想要领受这富足，于是它将重重的缰绳和鞍具安上了身子，而现在，它又因着受不住高墙中的寂寥无功，奋力地想要摆脱一切。

怒目圆视，双耳高高立起，就连口中喷出的气息，都嘶吼着自在，要远离樊笼，要在旷野中奔驰，要得它所以为的大自在。

但一切无用，它奔忙的足迹踏遍魔道，脚步却在地狱与人间徘徊。它冲脱的缰绳，还颓然缠绕在鞍上，记录着它夸张的奔袭。

到这里，诗人用最迅猛地方式，向我们描摹了一匹烈马，甚至连它夸张了的神态都历历在目。这是他心内咆哮的自己，他就像这匹烈马，困在高耸的布达拉宫中。

他曾经也是充满渴望的，那浩瀚的经书海洋，高妙的众生法门，以及自己前世的政治成就，都是令他想要疯狂继承的，而当他跨入房门，一切又偷偷地变了味道。

经书还是经书，众法皆空依旧，可是越来越复杂的政治，似乎和他一直扯不上关系。诗人是心急的，他的焦躁就像初春时的烈马，明明感觉到地气萌动，却依旧身陷高墙。

于是这匹烈马在诗人的脑海中脱了缰，奔向了将融未融的湖面。

但诗人自己，却没有脱缰。

他被真言与佛法庇护，就像是泡在温泉中的少女，内心终究宁静，他打着盹，当心中的烈马冲破了藩篱，他自己，只是在远处，伸了伸懒腰。

这首诗，是诗人自己心中的噪与静，他清楚地照见内心，将缥缈的情绪清晰化，又将那画面完整刻画，最后再用文字展现出来。

在于道泉先生和曾缄先生的版本中，曾找到与此相似的译诗，但因为翻译时倾向和理解不同，本诗的含义也和两位先生的相去甚远。

于道泉先生译诗其三十五："野马往山上跑，可用陷阱或绳索捉住；爱人起了反抗，用神通力也捉拿不住。"曾缄先生译诗其三十七："山头野马性难驯，机陷犹堪制彼身。自叹神通空俱足，不能调伏枕边人。"

可以看出，这两首译诗的字面意思和引申含义是相同的，他们都将"反抗"的说成是"爱人"，而在马辉先生的本首译诗中，彻底规避了关于"情诗""多情郎""荡子"之类的误解，直指诗人的内心。难驯服的、需要制服的、反抗的都是烈马，而"爱人"或"枕边人"，只是最后从温泉中探出头来，慵懒地伸了伸懒腰，留下一个安宁的、对比强烈却又意味深长的意象。

题外小注

1. 继承与摆脱

诗人想继承的，是身为达赖"政教合一"的使命，而想摆脱的，是身陷政治风云之后周围的钩心斗角、尔虞我诈。所以在继承时，诗人是疯狂的、热忱的、不计后果的，而意欲摆脱时，也是真诚的、奋力的，疯狂继承的是使命，奋力摆脱的是流弊。

2. 温泉

西藏地区的温泉很多，不过在这首诗中温泉是作为一种意象存在的。温泉是温暖的、流动的、不灭的，象征着佛法的慈悲为怀与无处不在，而泡在温泉中的少女，便是诗人的内心，如少女一般纯洁清净。

诗篇五　琴弦上的兵马

琴弦上的兵马都退回了来世
观世音依旧昼夜观心
转经筒更迭着一个又一个朝代
臣民们却紧紧地团结在王者的宠爱中
从小恩小惠的深处不能自拔
于是，众生失忆

离家出走的人渴望着被一场战争蛊惑
你是谁呀，谁又是你
我只能爱你一世
却不能爱你一时
失敬
失敬

赏析

依旧是兵荒马乱的岁月。

在诗人短短的二十三年生命中，经历了多少年的政治动荡？小时的他不懂忧愁，后来的他不堪重负，他看着本该琴声缭绕的净土，刀兵涌动，冲散了琴声，奔上琴弦，用武器弹拨着，嘶吼着。

一般的说法，既是退，应是退向从前，但诗人却让琴弦上肆虐的兵马退回来世。其实他心里再清楚不过，退只是一时，未来还会重演，于是他诚实地写下“来世”，只因他知道，在将来而未来的日子里，兵马依旧会践踏琴弦。

兵马退了，但琴声已喑哑。观世音菩萨却依旧昼夜观心，不为所动，仿佛一切都没有改变，仿佛一切都没有发生。

在自己的心内，观世音菩萨看遍所有的生死与轮回，看透了琴弦上所有的兵马，以及他们留下的痕迹。

转经筒也在“嗡嗡”地转，转过昼夜，转过春秋，转过年华，在一个人的手上，在每个人的手上，无休止地周而复始，就像朝代更迭，一圈又一圈。

可是人们看不到，也听不到。他们追随着王者的脚步，成为他的臣民，领受着他的小恩小惠，衣食简单，酒色满足，在王者看似博大的宠幸和爱护间，他忠心的臣民们彼此依附，莫名地团结着，双眼紧闭，不能自拔，深深沉溺在现世享乐的抱拥之中。

就这样，众生失忆，他们忘了菩萨还在观心，忘了转经筒已经转了一代又一代，忘了念诵真言，也忘了自己。

但那些生来躁动的人没有忘记，他们远离家门，在外游荡，他们渴望着兵马再次袭来，踏上琴弦与高原，让他们心内的热血再次沸腾，他们那惯于出走的内心，向往着变动。仿佛变一变方式，换一换位置，就能得到救赎。

“这渴望着救赎的人啊，你是认真的吗？告诉我，你是谁？谁又是你？我要怎样拨开你眼前的迷雾呢？”

诗人心中存着爱，却不是世人所想所求的爱，他能爱一个人的一生一世，爱他的缘起缘灭、业果轮回，却做不到只爱他一时一事。

对不起，很抱歉，失敬了。

于是，诗人用他那不卑不亢的语气说着失敬，仿佛是在说着一次前世就约定了的错过。很遗憾，不能爱你一时，你又不求我爱你一世。

那便如此，你失忆，我观心，如此罢了。

从开篇雄奇的兵马，到最后意犹未尽的叹息，这世间，只有诗人是最孤独的，他就像是人们拿在手里却生生遗忘了的转经筒，空自嗡鸣。即便如此，诗人却依旧悲天悯人，满怀怅念，在孤独与遗忘中，观心、修德、欲度众生。

题外小注

1. 观世音

观世音即观世音菩萨，观世音是鸠摩罗什的旧译法，唐玄奘新译为“观自在”，到了我国，通常简称为“观音”。观世音菩萨象征慈悲和智慧，无论在大乘佛法或民间，地位都很重要。在藏族人看来，“达赖”是观音菩萨的化身，是佛祖在人间的代表。所以诗中的“观世音”，指的也是诗人自己。

2. 转经筒

转经筒也叫“嘛呢”经筒、转经桶等，是为念诵六字真言而生。藏传佛教认为，持颂六字真言次数越多，对佛越虔诚，就可以摆脱轮回的苦难。因此，人们在口诵之外，还制作了转经筒，把写着“六字真言”的经卷装好，用手摇转，转一圈就是念一遍，人们甚至还制造了利用水力和灯火热能的转经筒，称为水转嘛呢筒、灯转嘛呢筒，替人念诵。

诗篇六　面向花园的北窗

面向花园的北窗一开
逃禅的人又重新操琴
手势流水声声
星空——一部没有页码的字典
仍旧为富家小姐注音

一个人在树下隐逸
等候另一个人沽酒归来
而备受仰慕的女子
却在一块白云上失足
处处都是水火之缘
风声一紧
谁都拿不稳主意
从刀锋上辨认色情
人人退步
任你在所有的路上胆寒

赏析

如果学得疲惫，是否想要放弃？如果身心疲惫，是否还能坚持？在高高的布达拉宫中读经的诗人，也会有腻烦的时候，也会想要休息一下。于是，他推开了北窗。

窗下是昼夜宁静的花园，盛开着人间最美的花朵。香气从窗口漫入房间，就像丝丝缕缕的愿望，滑进内心，催促着他的手，重新落在琴上。

即使是在佛法禅定中安身，也无妨在琴声中静养精神，于是诗人重新操琴，熟练的手势，奏响流水般的清音，飘出窗口，倾洒在满园的花香里。

头顶是静谧的星空，隐匿在窗外，被琴声唤醒。繁星浩瀚，一颗颗写满故事，缀满繁星的夜空，像一部忘记编写页码的字典，一页页连成一片，从大地的这一头，铺向另一头。

明明是头顶的同一片天空，但繁复的它，不是在为凡尘记录，而是在为仰望星空的富家小姐们注解着生命。它静静地垂下衣襟，让她们在它和自己的衣襟上结满宝石，看着她们闲适地倚在窗前，望着星空，数自己的心事。而奔波的众生，却没有空闲去看它一眼，任凭它在头顶沉默。

接下来的诗行，充满了矛盾的字句，令人笑，令人叹，却又是那样令人心痛。

既然星空是富人的财宝，清净之人只好在树下隐逸，斜靠在树干上，聆听叶脉贲张的声音，比夜色下的琴声还要动听。

一心隐逸之人，安稳地坐在树下，悠闲的样子，仿佛给他世间任何的珍宝，他都不会动心。他不是在独自遐想，更不是要品味孤独，他只是，在等另一个人，面上带笑，手中提酒地归来。

明明已经决心隐于物外，却又不甘寂寞，就像那个行走半空、纤尘不染的女子，从一块雪白的云朵上失足滑落，在众目睽睽之下，在众人仰慕的托举中，落了下来，落进世间的水深火热中。就像一个美好的梦，被人生生地敲醒，从天上落向凡尘，揉碎在一片水与火的嘶吼声中。

都说水火无情，可是世间也只有水与火，才真的如缘起缘灭中的那个情字，如水般流溢，无形无影，如火般缥缈，随风飘荡，又如水火相克那般，纠缠碰撞，在瞬息变幻的大千世界里，将苦难肆意蔓延。

平日里含糊的人，随性地活着，可当风声一紧，横刀而立，看着那情与色的孽火在刀锋上闪烁，每一寸都心怀叵测，就连那意志坚定的人，都要吸一口冷气，向后退一退。仿佛他们之前坚信的那些，都拿不稳主意，都还需要考证，就更不必说那些平日里便糊涂苟且之人。

无论从哪一条路而来，都早已无法退去，当刀锋上跳跃着水火般的情缘，回过头，无论哪一条路，都正令人胆寒地颤抖着。

这首诗，前半部分与后半部分对比，句与句上下对比，充满矛盾与纠结，却又清静直接。

诗人是参禅之人，心中自然不会有那么多矛盾冲突，可正因为他平和的内心，让他与周遭的世界起了冲突。诗人将这种冲突写进诗行，却成了最能引人深思的对比，也唱出了诗人满心的矛盾和孤独，那种置身世外的孤独清冷。

题外小注

1．逃禅

有两种完全相对的含义，第一种是“遁世而参禅”，也就是为了脱离世间苦难，逃入禅中，寻求内心安宁。第二种是指不守法戒，一方面守斋，一方面又贪杯，见唐杜甫《饮中八仙歌》一诗中“醉中往往爱逃禅”。

2．水火之缘

再也找不到比这更好的比喻了。既说缘分的缥缈不定，也是缘分的外化概括，更向我们展现了诗人眼中众生在缘起缘灭中水深火热的苦相。虽然藏族并不盛行五行说，但水火相克是这世间最为浅白的道理。

诗篇七　随缘时

随缘时，梵心静如夜空
星光下，我准确无误地匿名

爱我的人却从我的掌纹上不停地失踪
风尘中的侠女依然夜夜叫阵

人们去远方只是为了紧紧地搂住自己
我只喜欢在笛声中闻着野草的清香

沉默——苦不堪言
我喝水，替别人解渴

无力挽留闪电的浪子沦落为王
一粒青稞终于使众生重获宽恕

赏析

在夜晚将思绪沉入心内，伴着夜的宁静，摒除杂念，清净自然，不再被虚名缠绕，不再为规矩所绊，物我两忘，只在一念之间。

既已随缘，周遭万物，便静谧如我，亦如无我。一颗梵心，寂寂无念，竟如同夜空般宁静。无声，无影，没有飞鸟，没有浮云，更没有刺目的阳光，只有一片澄净，天高，繁星点点如画。头顶星光，心境星空，遥相辉映，诗人在星光下，准确无误而又举重若轻地放下了自己。

可是，宿命就像看不见的车轮，悄悄碾过时光。手心那一条条掌纹，来了又去。那些爱他的，敬他的，为他想的，一寸连着一寸地消失无踪。那些在风尘烟云中满身尽染的人，行走自如，如同夜路上横行的侠女，不肯近前，却又夜夜不休地挑衅，让诗人的内心不得安宁。

再看看风尘仆仆的众生，他们都在通往远方的道路上，奋力地向前迈进，他们要去寻找自己。是多么可笑又可悲的画面，人们凭着自己的意识，拖着自己的身躯奔向远方，却只为了找一个自己。

可是，那是世人参透自心的唯一方式，虽然直到死期，可能也未能穷尽。他们走过很多路，看过很多风景，经历了四季，品味过百味，本是要寻找自心，却有那么多人，在路途中迷失了自己，徘徊在前后无尽的道路上，终生茫然。

还有一些人，明明已经离终点很近了，他们仿佛看到那边立着的那个，模糊的身影，熟悉得闭着眼睛都能画出来，因为那便是自己，却又陌生得仿佛来自另一个世界。因为，那是他从未见过、从未懂得的自己，一个沉睡在心内的自己。

当他们终于惊喜着、踉跄着扑上前，紧紧地搂住自己，却意识到，他搂住的，不过便是一路走到终点的那个自己。这一路行来，历尽艰难迷途，终于，他们走向了自己。

而诗人却不愿如此，世间路，全在心间，一观一念，便得见自性。于是他说，他只喜欢坐在笛声中，闻着野草散发出的清香。

草香沁入，弥漫心脾，勾起安定的情绪，唤醒沉睡的自己，那个众生穷尽一生都在走向的自己，只有静心，才得见本心。而那些行走在路上的人，却没有一个人，想要停下脚步，低头看一看，看看自己是不是正是那个他一心要奔向的人。

于是，诗人在众生的脚步中沉默了，带着苦不堪言的悲伤。他在静静的星空下，照见自己静静的梵心无边，却只能眼睁睁地看着口渴之人在挣扎，而他替那人喝水。

真的能解渴吗？怕是喝下弱水三千也无用，佛度众生，众生可愿被度？依旧是声嘶力竭地沙哑着呻吟，面前的水，却是一眼不看，也看不见。

口渴的感觉，就像是一心要找到自己的执念，蒙蔽双眼，蒙蔽心识，既看不到自己就在眼下，也看不见清水就在眼前。

众生苦不堪言，诗人却只能沉默，因为纵使他大声嘶喊，也不会有人听见。就这样，他在众生的苦与自己的沉默中，苦不堪言地沦落为王。

他将自己的心比作浪子，将自己的处境写成无力挽留闪电的虚弱，而他自己，却成了高高在上的领袖，继续沉默地痛苦着。

终于，跌倒在路上的众生，求得了荡漾着勃勃生机的大爱，而重获宽恕，身心清静，就像一粒青稞种子那般，恬然苏醒，在早春的嫩芽里，心神富足，再无须奔走在迷途中，喘息在干渴之中，从一粒青稞中现出春秋，观得天地，照见自我。

题外小注

1. 匿名

匿名的本意是不署名或者不署真实姓名，匿，藏匿，隐瞒，也就是隐瞒身份之意。在这首诗中，是诗人将“我”隐匿，或者说，将“我”观成“无我”的过程，是精神层面的一种匿。当然，如果直接从字面上理解，匿名也可以联想引申为舍去俗名之意。

僧人出家受戒时，会舍弃原来的俗家姓名，由师父起法号，又称作戒名、法讳、法名。不过这种另取法名的传统在中国、日本等地才有，印度的僧人，出家后仍沿用其俗名，如舍利弗、目犍连等人，并没有特别使用法名。

2. 浪子

诗中出现的“浪子”一词，很容易让人联想起诗人在民间传说中的形象——“多情浪子”。不过，这里的“浪子”是同“王”对应的，“无力”是权力强弱的对应，“闪电”是追求不同的对应，“浪子”与“王”，是自由与规矩的对立，而“沦落”一词，更是直接道出了这一组对应处境在诗人的心中，孰重孰轻。

3. 青稞

青稞已经不能理解为一粒普通的种子，更不能像《地空篇》中那样解释成蒙古准噶尔部的首领噶尔丹。在西藏，青稞是人们的主要粮食，有着不可取代的地位，更有关于青稞产生的神话，讲述了一位王子为了让人们能吃上粮食，冒险盗取青稞种子的美好传说。所以人们通过青稞获得的宽恕，是万物之爱，而不仅仅是一粒能生根发芽的种子。

诗篇八　花开花落的声音

花开花落的声音
让蜜蜂去翻译吧
一碗酥油茶
令我日日鲜明
离开宝座
去龙王潭散步
突然被记忆中的那双莲花眼盯疼
这种时刻不便多疑
便于美
便于回到一滴汗中闭关

赏析

花开花落，是时序的流转，岁月的滑落，也是眉宇间故事的印刻。那声音，沉醉在春天微醺的暖风中，安睡在夏日灿烂的阳光下，最后，慢慢散落在夏秋之交。

“花开花落时，黛玉婆娑泪”，而诗人只是眨眨眼，将那恬静的声音，托付给蜜蜂翻译，任它嗡嘤。

蜜蜂饮花蜜可饱，诗人品酥油便可身体舒畅、精神清明。当然，一碗酥油茶自然无法日日果腹，这里的“一碗”和“日日”，发生在同一个情境中，便是“日日一碗”之意。

喝完酥油茶，他离开布达拉宫中高高的宝座，放下他那卸不掉的重担，到山后的龙王潭漫步。绕着大片的湖水，荡涤眼中的尘埃。

看着蜜蜂在花丛间勤劳，一句句地翻译着花的声音，却不肯教人听懂。美丽而崭新的园林，让诗人暂时忘却了忧愁，也忘却了自己是何人。

忽然，记忆深处的那双莲花般美丽的佛眼，猛然睁开，沉静地盯着诗人。诗人从迷茫的心神中抬起头，却感到内心已经被看透，正隐隐地发疼。

但诗人却微笑了。疼吗？怕也不见得，这种时候，不该多疑多虑，只要沉浸在那莲花眼的美中，伴着额头上刚好渗出的一滴汗水，静心闭关便好。

这首诗除了一些特殊的词语，并没有晦涩的地方，整首诗都是那么优美绵长，仿佛在讲述一个不慌不忙的故事，用一种不慌不忙的心情。从花开花落写到一滴汗，从酥油茶写到莲花眼，从宝座写到龙王潭，一俯仰，一呼吸，一步一步。

在于道泉先生和曾缄先生的译本中，也找到和这首诗内容相近的译诗。

于道泉先生译诗其七：“花开的时节已过，‘松石蜂儿’并未伤心，同爱人的姻缘尽时，我也不必伤心。”曾缄先生译诗其七：“我与伊人本一家，情缘虽尽莫咨嗟。清明过了春归去，几见狂蜂恋落花。”

先来看这两首译诗的不同之处。于道泉先生平铺直叙，花时已过，蜜蜂并没有伤心，姻缘尽时，也不需要伤心。这里的松石蜂儿是一种蜜蜂，据说在西藏有两种蜜蜂，一种黄色的被称作“黄金蜂”，而蓝色的便是“松石蜂”。

再看曾缄先生的译诗，多了婉转和感慨之情。本该长相厮守的恋人，却因为情缘落尽而各奔东西，但是请千万不要叹息，就像清明带走了春天，花朵自然飘落，谁见过发疯的蜜蜂执恋落花呢？

两个版本的译诗中，都解释成了爱人、恋人、美人，也让这首诗，变成了一首看似写给情人的作品。

再看这首诗，将花落的冷清，重译成花开花落的变幻，蜜蜂忠于花朵，从而将花与蜜蜂紧紧系在一起，至于“姻缘散尽”的分别，并非是与“爱人”，而是离开他身居的宝座，也就是他身为六世达赖的身份。

最后，于道泉先生和曾缄先生译本中的“爱人”和“伊人”，落成这首诗的莲花眼，是最美的女子，但又不是女子，而是最美的佛眼。它比爱人美，比爱人更能刺痛和唤醒诗人的内心，这样才有“盯疼”的说法。

三个版本的译诗中，只有本书中的这一首，从分别写到回归，从迷失，写回明净，最后，将所有的落花和纷扰，都凝进了一滴晶莹的汗水中，以小见大。一滴汗，一世界，就此无我无心，安然端坐在那双看破三千尘世的莲花眼下。

题外小注

1. 酥油茶

酥油茶是藏族人的特色饮料，能产生高热量，喝下后可以御寒，因此在高寒地区很受欢迎，在与藏族临近的一些民族中，也有饮用酥油茶的习惯。

在藏区还流传着一个关于酥油茶的传说。有两个部落互结冤仇，但两个部落土司的儿女却相识相爱。后来男子被杀害，为他举行火葬仪式时，女子跳进火海殉情。两人死后，女子变成茶树上的茶叶，男子变成盐湖里的盐，而当藏族人制作酥油茶时，茶和盐便再次相遇了。

酥油茶的原料主要是酥油、茶以及盐，酥油是一种类似黄油的乳制品，属于“起酥油”的一种，制作酥油时煮沸牛奶或羊奶，搅动冷却后，凝结在上面的一层就是酥油。

2. 龙王潭

龙王潭是拉萨著名的园林建筑之一，位于布达拉山后，也就是山北，藏语日鲁康。园林中心是一片潭水，面积很大。

园林建筑在仓央嘉措时期修建，不过潭水却很早就有。从五世达赖修建布达拉白宫，到第巴桑结嘉措修建布达拉红宫，还有配套的经房和僧舍时，都曾从山脚取土，最后形成了这个大面积的水潭。传说，六世达赖，也就是我们的诗人仓央嘉措曾从墨竹工卡地区，迎请墨竹赛钦和八龙供奉于水中，所以称为龙王潭。

3. 莲花眼

在印度古籍中，美女都被形容成莲花眼，就像我国一般认为丹凤眼最美一样，所以，莲花眼也被引申为美丽、完美的女子。莲花眼的本意，就是像莲花一样的眼睛，也是佛陀、观音菩萨的眼睛，在这首诗中，也是佛眼之意。

有一种莲花被称作青莲花，梵文音译“优钵罗”，花瓣狭长，到根部附近轮廓变得微微圆润，花瓣上端逐渐变尖，青白分明，形状很像佛眼。而莲花眼除了形容眼睛如莲花花瓣，还有就是形容眼睛的清澈程度，佛眸至清至纯，犹如青莲。

诗篇九　一错再错

百花美得一错再错
杜鹃声声
佛门外的女子纷纷被说破
一边赏花
一边护法
天下大事
无始无终
哗的一声
这一生
就淌光了

赏析

百花盛开的季节，心神也被点亮，一切都浮动着五彩的光芒，仿佛在说着自己并非空无一物。在阳光下，它们散开花瓣，轻轻颤动的身躯，它们的色，它们的香，都是那么美，美得直刺进眼底，直闯进心内，冲破空境，绕成色与香的妄相。于是，再美也落成一错再错。

杜鹃声声啼血，气若琉璃，清澈灿然；杜鹃花声声细语，从细长的花蕊中，吐出如丝的真言；立在佛门外，一个个女子的隐秘，纷纷被说破，隔着美丽或平凡、娇艳或素淡的皮相，说进心中。

诗人赏花，护法，两相不误，花是正法，法在花间，万物缠绕，相生相伴。而世间风云翻覆，护法一件大事，无始无终，寻不回那神圣的开始，也望不到那光芒的终点，从古至今，漫长着，延续着，又是一成不变地永恒着，而诗人的一生，却像流水一般，没有阻碍地哗的一声，淌光了。

眼前是寻常的自然春光，光阴流转，生命流逝，花和人却都不曾停歇，就这样，无始无终，又仿佛一直如此。

美丽的百花，诗人一一遍赏；门外的女子，诗人一一参破；唯一的大事，诗人为之始终；无量的佛法，诗人倾其一生。

这首诗并没有很复杂难解的地方，却优美得宛若一块琉璃，阳光照在上面，如同色彩斑斓的百花，轻击之下，叮咚如佛语。八方事，只一桩，凝入清心，再轻轻地落在地上，瞬间，哗的一声，碎成一地浮光水影，三生一梦。

凄然吗？更多是淡然吧。而除了不生不灭的佛法，世间还能有什么大事，是无终的呢？

为参它，诗人流尽一生时光，他握住曾经美得一错再错的百花，听闻佛门外被说破身心的女子。他闻一朵花护一世法，在壮观蔚然的三千世界之外，洒下全部的清净，似龙潭净水，倾泻而下，在虚无中，什么都不见，未曾见，再也不见。

在于道泉先生和曾缄先生的译本中，也见到了相似的诗歌。

于道泉先生译诗：“杜鹃从漠地来时，适时的地气也来了；我同爱人相会时，身心都舒畅了。”曾缄先生译诗：“杜宇新从漠地来，天边春色一时回。还如意外情人至，使我心花顷刻开。”

两首译诗含意几乎相同，就是“情人出现在我眼前时，仿佛是杜鹃从荒芜的土地远道而来，带来了春气，令我心花怒放”。诗后有注，“藏地高寒，杜宇啼而后春至”，更说杜鹃就是情人的比喻。

对比地看，本诗中的“百花”和“杜鹃”，刚好印合了“杜鹃来春气动”的说法，只不过“情人”“爱人”在诗中不再是诗人特指的女人，而是站在佛门外的众生。

到了结尾处，本诗与两首译诗就大相径庭了。本诗中，淌光的是一生的时间，而在于道泉先生的译诗中，被“爱人”一扫而光的是“诗人心头的思念或郁结”，在曾缄先生的译诗中，“淌光了”直接被理解为“一切烦恼顷刻消散”。

在于道泉先生和曾缄先生的译诗中，“情人”“爱人”也可以解释成佛法，诗人将佛法比作自己心心念念的温暖源泉，当他静心于佛前，便能感到身心被春色沐浴，仿佛杜鹃鸟一样，唤来春天萌动暖心的地气。

不过，即使是这样解释，诗中也只有花开的时序，杜鹃的春色，少了那份绵长的人生，更少了佛性泰然的光辉。

题外小注

杜鹃与杜鹃花

说到杜鹃，先想到“杜鹃啼血”的典故，杜鹃是鸟，在这里，亦是花。

杜鹃其鸟，喙内上皮和舌部都是红色，古人误以为它血流满口，而且，每年春夏季节，杜鹃高歌时，也是杜鹃花开得最盛时，人们见杜鹃花鲜红，便有了杜鹃啼血落于花的传说。

杜鹃啼血固有苦口婆心痛彻心扉之意，但在这首诗中，双关地解为杜鹃花，却有别样的意义。

峨眉山是中国四大佛教圣地之一，山上种满杜鹃花。峨眉山佛家更是将杜鹃花称为“桫椤”。而“桫椤”在佛教中有重要意义，释迦牟尼便是圆寂于桫椤双树林，所以这里的杜鹃，很可能是取了杜鹃花的这个引申含义。

诗篇十　雄鹰飞剩下的天

雄鹰飞剩下的天
容不下一只小鸟
有情众生不受任何语法的局限
诗人一哭 金豆子就噼里啪啦地落满游僧的心钵
一世的承诺
使金刚钻化成水银
梦浅情深
蹚不过去的河留给来生
繁花错落有序
我被一页一页地误伤
而窥视我的人
转眼便立地成佛

赏析

好美的诗歌，就像，好美的人生，又那么凄凉，转瞬之间，像一场梦般灰飞烟消。

有没有想起“曾经沧海难为水，除却巫山不是云”？

天空仿佛是空旷的幕帐，又像高傲的手从九天垂下，雄鹰飞过，展开它宽大的翅膀，乘风而上。它尖厉的喙指向天极，平整有力的翅膀无限延伸，它的身旁，那一小块一小块零碎的蓝天，零星地反射着太阳的光芒，却再容不下一只小鸟。

是多么雄奇的一只鹰！翱翔在天上，占尽所有的天光，它将自己化为天空的全部意义。

而颠簸在尘世间的众生，心中有情有爱，便仿佛在心的穹顶下放飞了雄鹰，不拘于语言，更不会局限于任何语法，一切成自心、源于心，情是无须说，也无言可说。

雄鹰在天上高高地飞，众生在天下真诚地诉说，诗人却躲在角落里哭泣。

他的眼泪，就像金色的豆子，闪亮而珍贵，一颗颗从眼中落下，带着噼里啪啦的热闹声响，扑向心钵，托着钵的，是一名在天地间游荡的僧人。以心为钵，盛众生妄想、容世间苦乐，再在不断行走的路上，慢慢消解。

而他自己，就是诗人，同样地，也是一名游僧。他住在布达拉高高的房间里，心思却乘着从窗口进来又溜走的清风，在世间走了很远，没有休止，不知疲惫。满满的心钵，是璀璨的亮金色，捧在胸前，垂头可见，一步一闪，步步观心。

一世的承诺，重得令人窒息，让坚硬的金刚钻化作流淌的水银，从如石的形态，化作水样，只要被时光轻轻地那么一漾，便争先恐后一滴又一滴，落了一地，从闪闪发亮的记忆中，流向银光空灵的未来。

梦总是太浅，就像散落在氤氲水岸的花瓣，一阵风吹过，便幡然转醒。又像是浮在浅浅水面之下的薄纱，叶子飘下，只在水上一点，便将那纱露了出来，可是诗人的情、众生的情，就像亘古不变的深潭之水、萧然落木的空山之谷般深远。

它离开言语，坠落在苍穹之下，融成一道望不见岸、看不见底的长河，任凭诗人耗尽这一生，也无法蹚过，无法将自己驱向对岸。那么，就将渡河的这份执着轻轻放下，看着那层层微波，连绵悠然地流向来生。

接下来，诗人笔锋一转，写向了自己，但他的身边，并没有那般辽阔缥缈，诗情淡然。

繁花似梦，偎在粗壮的枝头，仿佛是被人精心刻意地安排了位置，错落着，每一朵都露出了花蕊，在阳光下，向诗人摇摆着，而诗人立在花前，看花，又似是被看。

风吹过衣襟，花瓣翻动，一卷卷经文也跟着翻动，一页页，就像时间的记事簿，哗啦啦地翻了过去，诗人便在那轻薄的纸页上，被美好误伤。而在芬芳的花影后，那个躲在暗中窥视他的人，却凭了观他的作为和苦痛，转眼之间，立地成佛。

这首诗美丽而含蓄，意象充满寓意，婉转叹息，但因着诗行的美丽，其中的伤感和苍凉也变得温和起来。

起先的雄壮美丽，在承诺与幻梦中，在世间虚妄的幻象中，转而成了锋利的机关，将诗人一伤再伤。

伤他的，自然不是繁花，而是政治上的阴霾。崇高的信仰，明明就像雄鹰飞在天上，没有给小鸟留下空隙，有情的众生就像诗人一样才华横溢、出口成章，一切都那么郑重，那么有条不紊，却只能看着金刚化水银，放下长河向来生。

曾经在身旁围绕的人，早已流向看不见的远方，蹚不过的不是河，而是政治上的倾轧与迫害，只有奔向来生，才能彻底解脱。明明受伤害的是诗人，而伤人者踩在受伤害的人身上，放下恶念，续了佛缘，转眼立地成佛。

最后留给诗人的，只有雄鹰飞剩下的天空，满心沉甸甸的泪水，还有缥缈的承诺与浅浅如梦的梦境。

所以，就等来生吧，让来生的河流，沿着花下蜿蜒而来，洗涤所有的误伤。

题外小注

1. 雄鹰与小鸟

鹰在藏族是非常神圣的。实行天葬时，天鹰，也就是我们现在说的兀鹫，在啄食尸体后飞上天空，也将死者的灵魂带上了天堂，而雄鹰更是力量与神圣的象征。在这首诗中，雄鹰是一个积极意象，有着能一览天下的魄力与胸襟，是无量佛法的比喻。天下独一，广博千万里，在诗人心中，世上除去无量佛法，还有什么能如此崇高而不容侵犯?

2. 语法

语法，顾名思义就是“语言遵循的法则”，本意是指语言的结构方式，是一种既成的语言规范，但是，在唐代王维的《投道一师兰若宿》诗中，却是用来指佛法的，原句为“鸟来还语法，客去更安禅”。但这里取原意，指的是自然流露的情感，真实不虚，干净纯粹，无须用语法修饰与伪装。

3. 立地成佛

这是佛家用语，禅宗一派认为世人皆有佛性，只要弃恶从善，便可以成佛，所以，通常是与“放下屠刀”放在一起说的，意在劝善。这里的“误伤”是指拉藏汗关于“假喇嘛”的污蔑与构陷，因为窥视的人心怀恶意，才会有“成佛”一说。

诗篇十一　一念之差

一念之差便落叶纷纷
天凉了，每滴泪都温暖着诸佛
世间事旧得不能再旧了
却依旧落花流水
我天高地阔地看着、想着，却不能转过身去——
我走到哪里
哪里就是危险的春天

赏析

只是一念之间，便成了差错，天差地别，阳光明净，落叶纷纷而下。

这不是时间的匆匆，更不是季节更迭的悲叹，只是一念，便看到秋天的到来，就如同手一晃，杯中的水，便泛起了涟漪。

拉藏汗的手一动，布达拉宫就震颤了。只是一念，龙王潭水波一转，园中堆满落叶，盖住了诗人一次次散步时留下的脚印，也吻遍山下神圣的土地。

天忽然就变凉了，仿佛是乌云遮住了太阳，北风吹走了候鸟，拉藏汗的军队，也掳走了桑结嘉措，转眼，他便像避寒的候鸟一样，消失在苍茫的天空中。

在这个已无炎只有凉的世间，谁还记得，上一次流泪是为何事？怕只怕，早已忘了眼泪的温度，和心酸的滋味。

当真诚的泪水从心内流出，滑过脸颊，落在心头，碎在眼前，每一滴，都足以温暖诸佛，也温暖着独坐佛前的诗人。

诗人温暖诸佛，何尝不是在温暖自己，凭着泪水温暖自己，恰似他曾于一滴花露中彻悟、于一滴汗水中闭关一样，不存在大小，更无轻重，诸佛面前，万物平等，物我皆无。

而世间事反复循环，一幕幕、一遍遍，已经重演了无数次，那些年的生死爱恨、绝望纠缠，那些人的追名逐利、尔虞我诈，每一个都是前世的重复，又都将是来生的过渡。画面层叠，完美地重合在三生三世的流转中，画面却并不美好。

故事已经讲了千百遍，泛黄的书页，翻了又翻，已经不能再旧，时间却未曾停止。篡位也好，政权也罢，不过是朝代更迭。在历史上，如同银河中的一颗星，眨下眼睛便会失了它的所在，周围的一颗颗都是一个样，记忆的星辉淡淡，重复诉说着旧日的老故事。

诗人怎会不知道拉藏汗要的是什么？可是，纵使他坐在高高的布达拉宫中，却依旧无法逆转什么。走在命定的路上，遇见的，是前世早已注定了的人，触发着一件件多年前就已经发生过的事，在同样的天地间。

宛若飘零在夏末的落花，跌进流淌过四季的河水，而千百年前，一朵落花，不小心吻了树下的流水，从此落花流水，代代相传。

如同千百年前，诸佛立在山巅，向下望着，诗人也立在山巅，头顶天高直上云霄，眼底地阔八方无涯，是不是，几生几世前，他也曾这样望过，凭着和诸佛一样空净的眼睛。

诗人看着天高地阔，看着往生与来世在眼前铺开，又化作一张张同样的画面，层叠在一起。他看着，想着，却不能回头望一眼，望不见的来时路，已经无路可退。

一转身，眨眼，秋冬春夏，万年光景匆匆过，一念之差，便已是落叶纷纷，桑结嘉措已经被压在层叠的画面中，就此不再，还有什么可看的呢？一切，不过都在眼前，曾经发生的，正在发生，将来也还会发生，世间万事只不过，一念而已。

而诗人，却永远是众矢之的。

猜疑、排挤、污蔑、栽赃、构陷，他不能转身，转过身，面对的只有充满敌意的眼神和嘴角，还有一根根叫嚣着权力的矛尖。

无论他走到哪里，都与危险的春天相伴，花叶好好地挂在枝头，遮住仇人的眼睛，仇人的身影，还有他们手中明晃晃的刀尖。

春天太危险，而下一个秋天，还来不及赶到，只有转念之间，记忆中落叶满庭，仿佛千年不变的哀伤，在春泥的旧梦中，一次次腐败重生，从秋天走向春天，再长成为新的躁动与纷争。

题外小注

祸福苦乐，一念之差

一念之差的字面意思是“一个念头引起的差错”，“差”不是差别，而是代表严重的后果。所以在这里，可能暗指桑结嘉措意欲投毒拉藏汗一事，也可能暗指桑结嘉措与拉藏汗的武力冲突。可惜的是，历史的发展是不会停止的，他们的斗争也势必无法避免，于是才有了后面的“依旧落花流水”，画面虽诗意，却满是无奈与伤痛。

在佛家用语中，一念是非常短暂的，有“九十刹那”和“六十刹那”两种说法。《菜根谭》中有“释氏云：‘利欲炽然即是火坑，贪爱沉溺便为苦海；一念清净烈焰成池，一念惊觉船登彼岸。’念头稍异，境界顿殊，可不慎哉”。

翻译大意就是，相由心生、随心灭，释迦牟尼佛说：“对名利的欲望若是太过强烈，就等同于火坑，而贪婪爱欲太过强烈，无异于沉沦苦海。而一丝清净纯洁的观念，能将火坑洗涤为水池，一丝警醒，一丝惊觉，再看时，已经渡过苦海，立于彼岸。”可以说，世间祸福苦乐，皆是一念之差。

诗篇十二　猛厉的狗

那条猛厉的狗
突然逃出了寓言
从此女人的嗓音
就失去了岸
当一只锚
抓住了女人的心
谁会想到
地狱与天堂
竟然同时呈现于
女人的眉宇之间

赏析

快看！看那条凶猛的大狗，正从一个寓言里出逃，它的身后，拖着所有的厄运。它大声地吠叫着，唤醒天边的阴霾，卷过层层乌云。

昏暗的天色中，它那双恐惧的双眼，正散发着绿色的幽光，躲在浮云之外，恶狠狠地瞪着世人的好梦，一口口吞咽着垂涎和梦的甘甜。

狂风大作时，虔诚的女人跪伏在佛像前，守着明灯，闭上眼睛，不去听，不去想，不畏惧。她诵经的嗓音悦耳，盘绕着香柱，循着香气盘桓而起，扶摇轻上，洒满整座佛堂，生命中的一切，仿佛又都变得有了存在的意义。

终于，那条猛厉的狗逃了出来。

在一声声吠叫中，阴霾抚摸着屋顶，狂风缠绕廊柱，女人那清和的嗓音，终于被渐渐遮蔽，一丝丝消散在风中，渐小、渐弱、渐缥缈。

仿佛是乘上了一叶孤舟，一不小心，就滑向了苦海深处，在遥远的惊涛骇浪中，势单力孤、漂泊无依地念诵。可供回头的岸，却掩埋在风波和雾霭中，早已辨不清方向。

万里水波，失魂落魄，伴着那条厉狗的双眼，在罪孽的空相中颠簸。是前行吗？是向左还是向右？在后退吗？竟是已无参照，更无着落。

似乎，她在盼望有人拯救，有人能让她在苦海之中，停下歇一歇心神。

刹那之间，从无边的混沌中，甩过一只锚，轻轻一钩，便抓住了她的心，让她定格在惊涛的浪尖之上，长舒一口气，她终于停了下来。

苦海无涯，回头是岸。女人转回头，脸颊却挂不住一丝笑容，因为她的心，早已被那只锚拖着，沉入深深的苦难之中，再无回头岸。

于是，在那美丽的眉宇之间，天堂和地狱同时呈现，一如红尘妄相，相生相伴。

俯瞰三千世界，却能在一滴水中坐观有无，女人的眉心，可容八方幻象，世事足矣。

一首本应与参禅有关的诗歌，为什么只写了女人和狗呢？

让人很容易联想到的，是《道德经》中的那句“天地不仁，以万物为刍狗；圣人不仁，以百姓为刍狗”。说不清老子在写下这番话时，对天地和圣人是否持有意见，但众生平等，却是在这两句话中得到了体现。

如果将狗和女人，换成拉藏汗和诗人自己呢？这首诗忽然就变得意味深长起来。

寓言总是在说教，用最可怕的事，讲述必须要遵守的道理，而拉藏汗便从历史更迭的寓言中跳出，让寓言中的一切上演。

从此，诗人的世界变了。他失去了桑结嘉措，也失去了布达拉宫中的安逸。

他本可以就此漂泊向前，或是寻找彼岸，可是，五世达赖优秀的政治作为，和他心内的责任，就像一只锚，甩着长长的链条，将诗人牢牢牵绊。

他不能退缩，也无处退缩，心里向往着天堂，身子却留在地狱一般的尘世之中，任凭纷乱繁芜的痕迹，刻在眉宇之间，落成深深浅浅的一个寓言。

题外小注

1. 猛厉的狗

通常，狗并不是和厄运相联系的，在这首译诗中，“猛厉的狗”与下文的“地狱”相对比，更带有黑暗、邪恶的气息。不过，“猛厉的狗”并不是指来自地狱的三头恶犬，它只是一种意象，用来指代那些可怖的、非人性的、凶残暴戾的消极人物，而纵观诗人生平，这条“狗”指的很可能就是拉藏汗，那个最终将诗人逼上绝境的野心政治家。

2. 女人

“女人”一词在佛家思想里，总难免有些危险的意味，因为女人有色相，更容易魅惑众生。但同时，女人因其柔弱敏感的内心，更容易被红尘烦扰，堕入无边苦海，说诗人以柔弱的女人形象自比，不如说诗人通过塑造一个女人的形象和遭遇，来展现自己的境遇。

3. 地狱与天堂

这里并非是说地狱和天堂互通，这番彼此冲突对立的表述，依然是在呈现女人，或者说是诗人处境的尖锐冲突：一方面他恨不能离尘弃世，再也不问政事，去寻找真正的天堂；而另一方面，诗人特殊的身份却让他不得不承担起宗教和政治领袖的任务。这种内心撕裂的感受，外化地表达出来，便是天堂与地狱同在一人的眉宇之间。

诗篇十三　工布的少年

工布的少年步履繁荣
他在佛法与女色中无力精确
泛滥的形容词使他心慌
每一步都模模糊糊

我从山中尽兴而归
途经失去了林荫的绝路
三伏天，被一口枯井渴望
到了一定程度 我便失去了态度
仅凭一块石头
就回避了硬朗的教育

短期内
任何尾声都不悦耳

赏析

这首诗，是在说少年，也是在说诗人自己，写出了诗人参禅中被杂念干扰，以致心神困顿，最后又终于猛然转醒的观想过程。

从工布来的少年，脚步忙乱，这样一步，那样一步，仿佛失了重心，他踩在地上的脚印，仿佛夏花一样众多而繁荣。

无量的佛法，与无瑕的女色，哪个更能摄人心魄？站在佛前用心神将女子描绘，还是在女子的膝头，将经文诵念？这游移的少年，已经无力再去精确辨析，更不要说迈开他的双腿。

在争夺中，扑面而来的形容词，美妙动听，却仿佛泛滥的洪水，一波波向他砸来，搅得他心慌不已，疲于奔命。于是每一步，都无力地摇晃着，脚印也是模模糊糊，辨不清方向。

诗人山中清修，尽兴而归。路上草木迎着他的步子，谨慎地摇动。回来的路上，他经过一条日光暴晒的道路，林荫早已枯萎，一眼望去，光线落在地面，又从地面回返，路的尽头，是一口井。

三伏天，一口枯井，一段暑热的路途，热气蒸腾。在路的尽头，诗人望向井底。

昏暗幽深的竖井，像一只寂寞的眼睛，从地下无声地凝望着他，仿佛经过数百载的等待，满怀着渴望，对水，也对那个立在井口凝望的诗人。

诗人也一样地渴望着，对水，或是对如水一般清冽的佛语。

他盯着那口枯井，怀揣着能发现什么的渴望，枯井也在盯着他，带着渴求的气息，仿佛要将他一口吞噬在昏暗中，永不见天日。

看着看着，诗人到了忍耐的极限，他感到自己快要被这口幽暗的枯井吞没了，于是他向后闪闪身子，躲开了井口。

井里明明一无所有，却有如此大的魔力，吸引着人堕进去，拥抱井底那深深的渴望与不满足。

其实，井里也并非一无所有。当诗人捡起一块石头，扔向井壁，那动听的声音便响彻井中，比任何一次唱和都要和谐，比任何一口井水都要清亮。那回响，如同梵音在耳，落入心间，任何态度，都不敌这回声缭绕。

诗人笑了。他仅凭了一块石头，就将那恼人的动摇驱散，也无须再枯坐诵经以定心神。他直起身子，飘然远去，身心却依然萦绕着那绝美的回响。

于是，短期内，任何尾声都不再悦耳。

在于道泉先生和曾缄先生的译本中，也找到了相似的译诗。

于道泉先生译诗其二十三：“工布少年的心情，好似拿在网里的蜂儿。同我作了三日的宿伴，又想起未来与佛法了。”曾缄先生译诗其二十五：“绝似花蜂困网罗，奈他工布少年何。圆成好梦才三日，又拟将身学佛陀。”

这两首译诗，说的都是“来自工布的少年，就像被困在网里的一只蜜蜂，没头没脑四下乱撞，才与我相携相伴了三天时光，就又想跑去参禅念经了”。

据说这是女子讥诮男子的诗歌，至少从表面上看，是在说工布少年参禅学佛的意志太不坚定。四句读后，似乎正对应着本首译诗中的第一段落。其实不然，眼前这首分成三段的译诗，正是于道泉先生或是曾缄先生的那四句诗歌。

在佛法与女色中无力选择，便像被困的蜜蜂一样，慌张、忙乱，没有方向，身心模糊，烦恼不堪。

三个版本的译诗中，都有数字“三”。在这首诗中，被译成“三伏天”，而在另外两个版本中，都是“三日”的意思，而于道泉先生译本中的“宿伴”，以及曾缄先生译本中的“好梦”，说的都是本诗最后一段中“悦耳的尾声”。

女色的诱惑，在这首译诗中，化作干枯的山野之井，而诗人用坚硬的石头掷去，正是在用他最坚定的向善之心去抗击。

一击之下，余音悦耳，一切虚妄，不攻自破。

所以，这并不完全是一首少年两难选择的讽诫诗，也不是一个寓言般的规劝事例。它的态度是坚定的、不疑的，它将形容词说成是“泛滥”，将脚步说成“模糊”，将枯井干涸的状态说成是一种“渴望”，用一个接一个暗含贬义的词组，不断坚挺着自己的态度。

也正因为如此，诗中那颗坚硬的石头，才能破空而去，在井壁上，有力地击打出轻灵的回响，以收拢所有的茫然与心慌，让诗人回到林荫遍布的“正途”之路。

题外小注

1. 工布

工布是西藏地名，在拉萨东边的林芝地区，距离拉萨两百多公里，是由拉萨去往林芝的必经之路。“工布”这个名字是按照藏文的读音音译而成，意思是“凹地大谷口”。

诗人让少年出自工布，不能确定其寓意何在。不过，工布的藏刀“阿夏”在西藏地区比较有名，和日喀则的拉孜藏刀名气相当。藏族人认为铁是吉祥的宝物，所以佩带藏刀除了显示地位、日常使用外，最重要的是防范妖魔鬼怪。特别是在广大农牧区，藏刀更是人们生活中的必备品。

通常来看，佩刀的男人总给人勇武彪悍之感，所以诗中少年出工布，很可能是要显出他的果断与勇敢。正因为他果断坚强的个性标签，才更能反衬出诱惑与动摇的力量有多么强大。

2. 失去林荫的绝路

这是展现身心被迷惑和动摇的最好意象。首先，绝路暗示了这种动摇是不会有出路的；“失去林荫”很值得玩味，译诗中用“失去”一词，而不是用“没有林荫”，说明之前那种林荫一样的庇护是有的。到底是如何“失去”的，道理和“绝路”一样，是因为内心摇摆不定，失去了静，也就不可能再感觉到凉意，是为“失去林荫”。

3. 枯井与石头

枯井是一个传达干渴的意象，这种干渴不一定是身体上的，也可能是精神上的。枯井是空的，仿佛少年的内心，因为日日读经而感到空虚，从而产生了另一种渴望，埋在井底，寂静地仰望。

枯井更是一种干扰，是观想过程中的黑洞，昏暗、饥渴以至于贪婪。而一块石头则代表了诗人坚定的意志，在这颗坚硬的石头面前，纷乱的扰动与茫然，都将迎刃而解。

4. 硬朗的教育

硬朗并非拳脚，诗人将自己比作彷徨的少年，却又用一块石头救回了自己的心神。“硬朗的教育”，和曾缄先生译诗中“又拟将身学佛陀”是一个意思，最常见的便是入定观想，诗人之所以说将它回避了，指的是他在石头撞击的那一刻顿悟。

第三辑

火空篇

从一朵花到一座雪山
谁能越过六字真言
莲花开过
黑夜的果香四溢
一滴血足已红透高原
灵机一动 便是千年万年
而我在红尘中率先早退

诗篇一　一条看不见的路

顺着一条看不见的路大踏步地反省
血缘错失的风物无法光复
铁与金刚响亮地回答着阴谋中霉变的骨头
修行者只好接受一棵苹果树的定义
天气一暖，我便用月光精心地哺育着敌人
生满老茧的刽子手纤细而柔美
开始温习母乳四溢的生命
果香贯彻经脉的那个不眠之夜
刀锋冷淡，人们互相搀扶着逃出内心
随即便在我的假设中五体投地
剩下的都是例外的人
他们倾向于酒色，并不断翻越美人痣
挺进的过程反复排毒
不要机会只要面子
他们先是各自揣测
不久便谋求攻略
竟不知剑锋冰镇了多少妖魔
心弦紧张，绷了又绷
一声脆响，世事寸断
从此我高枕青山

被一草一木日日决定

赏析

这是一场血与火的战斗，场面惨烈，教人连呼吸都困难。而这首诗，也像是一声嘶吼，在战斗之前，直到最后，是激烈，是愤慨，更像是一次照见后世与未来的诅咒。那灰飞烟灭的结果，定是千百年轮回之中的必然重复，可是，诗人的这一世，却注定无法亲见。

佛说众生慈悲，但杀戮却永无休止，通往平和世界的路上，写满真言，一步一声，全都是反思与自省。用眼不得见，用心却可以捕捉，佛光普照，看不见的道路宽阔平整，无拘无阻亦无挂碍，它可包容众生，可力擎万举，是求得心下平和的唯一通路。

在这条救赎的道路上，诗人跨着大步前行，一步一反省，一步一善念。可那份生而命定了的擦肩而过，却在身后紧紧萦绕。自从第一次睁开眼，便注定了他的今生，将注定错失那些美好的风物。

可曾有缘？却是无分。当诗人沿着光明的道路拼命反省，却无法将它们返照，光复之时仅仅是一场未曾碎裂的梦想，从生命的第一秒，就注定了这个结局。

阴谋穿着晦暗的披风，总是走在战争的前面，所到之处，荒草丛生。一副副枯骨，却连伤口都不曾有，它要杀人，只需笑笑，无须怀抱刀刃摩擦着火星。

为阴谋而生的骨头心思沉重，它们想得太多，做得却太少，它们连动都不肯动一下，于是，黑绿色的霉斑覆盖了骨头，就像善于沉思的脑颅，长出了头发。

它们一遍遍问着，为何生？为谁亡？穿披风的那个身影，又是谁？谁将它们血肉化枯骨？谁令它们亲人枉断肠？

阴谋又笑了笑，在晦暗的披风内，隐去了自己。只有护法金刚那有力的杵敲击着大地，在铁与血的风波中，电闪雷鸣，发出响亮的回声。

没有人回答，也没有人能回答，可是，就在电光石火之间，所有的答案，都被一一照亮。

世间惨淡，修行之人背靠着一棵苹果树，便是心的归宿。就像骨头上长出霉斑，佛光照亮了看不见的大道，苹果树兀自发芽，迎接新的生命，只有它，不求原因，不问结果。

天暖了。血泊被雨水反复冲刷，天地似乎也在回忆着安宁。诗人立在暖暖的风中，看着他的敌人，脱下阴谋的外袍，行走在一夜一夜的月光中，那些在白昼的阳光下无法展露的阴暗，每一寸都任凭银晕泼洒，精心修饰。

杀戮开始变得优美而缓慢，他们在月色中缓缓前行，当刽子手伸出那只满是老茧的血腥大手，在银光闪闪的梦中，竟然也是那般亲切。

在夜的幻梦中，那罪恶的手在温热的生命上划过，刽子手也回忆着呼吸的节奏。哪一个生命，不是带着母乳的香甜而来？

一层层沾染着亡灵的老茧，在母乳四溢的生命面前，悄然脱落，骨骼粗大的手指，变得纤细而美妙。月光荡涤，柔滑着磨刀石一般粗糙的皮肤，天气已暖，在日出前的静谧之中，一切都变了。

月色温柔了刺目的刀锋，反射着淡淡微光，在战争中幸免的苹果树，结出甘甜芬芳的果子，整座城，整个天地间，都浮泛着水果香。于是，人们得到了一丝喘息的机会。

这安神的芬芳流进人们的鼻翼，循着经脉传遍全身，惊醒了渴睡的思想，众人在祥和之中惊醒，彻夜难眠。他们相互拉扯搀扶，在内心的昏暗里跌跌撞撞，在噩梦一般的残败中寻找出路。他们一心要远离冷淡的刀锋，远离金刚的闪电和铁的血腥，远离血泊尽染的画面，寻找早亡的清幽。

他们看不见那条反省的路，也看不见诗人在路上用力奔走。人们高呼着，哭喊着，寻求内心的宁静，随即又跌倒在尘土中，卑微地匍匐，听着诗人的假设，五体投地。但那并不是假设，反省的路，真的存在，即使风物不再，良缘尽失，佛光却依旧。

众生得解，剩下的，全都是例外，例外的事，例外的人，不信天，不信佛，更不信善恶。他们在美好的果香中奔向硕大的酒杯，在星河垂拱之下，数着女人嘴角一颗颗的美人痣，仿佛是攀登山峰的勇者，一颗痣，一座高峰。

他们精神振奋，眼睛熠熠生辉，眸子里满是贪婪的光亮。他们不惧怕危险，因为有酒色香粉为他们排忧解难，一切烦恼，在醉后的温柔梦境中，都能得到甘洌的滋养。

罪恶的毒素被反复排出，一个个傲立于善者之外的人，不会渴望获得拯救的机会，他们认为自己的存在，已然是种拯救。机会永远抵不过面子，镜中的影像，他人眼中的自己，才是他们生命中的唯一。

他们手捧着镜子，端详自己的皮面，揣测他人的心思，不久，他们便不甘寂寞地放下镜子，希望在阴谋和攻略上施展身手，却不知在他们之前，已经有多少妖魔鬼怪被剑气封冻。

那些在月光下褪去霉绿的骸骨，那些藏在噩梦里啃噬回忆的妖魔，甚至连刽子手的心脏，都早已接受了剑锋的洗礼。它们臣服在寒光之下，将满身的狂热冰镇无声。

站在看不见的路旁，没有人能安然无恙，虔诚的人走在路上，大踏步地反省，向善的众生循着贤者的身影，齐声诵念，躬身跪伏。而那些在镜子中将容颜看了又看的人，只觉得心弦紧绷。

仿佛走向一个早知结局的陷阱，他们战战兢兢地向前蹭着细碎的步子，比那长着美人痣的女子还要娇羞，一步一紧，绷直、绷紧，最后“啪”的一声脆响，将一切绷断。

世事转眼成烟，从断开的心弦飞升而走，就像最清澈的那一声天地初开，从此，诗人便安身世外，头枕苍碧高山，在草木中悟道，便让那一草一木，成为他一生的引证。

不得不说，这首诗跌宕起伏，气势宏大，仿佛是诗人的一场大梦，也是他的一世畅想。

这是一个注定壮烈的故事，诗人从反省与错失写起，写那满世界的混乱狼藉。看不见的路，令人绝望，却是世上唯一能给予救赎的通道，势单力薄的修行者，只拥有孤零零的一个苹果树。

无论世间如何惨淡，天气还是会转暖，风物也跟着悄悄变化，仿佛一切都有了新的生机。众人得到拯救，逃出被阴谋笼罩的内心，却偏偏有那些人，心怀鬼胎地负隅顽抗。

诗人在这一生中，并没有看到那些恶毒放荡的人遭受惩罚，可他却将结果写进了诗行。

他写下他们的虚伪与狡诈，写下他们心机深重步履险恶，也写下他们是如何一步步将自己缠绕紧绷，最终灰飞烟灭的预言。

而在诗的最后，那美好的愿景，宛若诗人留在青海湖畔的背影，优美安详，不谙世事。

题外小注

1. 血缘

血缘的本意是以血肉相传结成的缘分，用现代科学解释，就是带有相同遗传基因。血缘在古代就已被广泛认知，比如用“滴血认亲”的办法判定亲生关系。

在这首诗中，血缘跳出原来的狭义解释，引申为一种“生而确定”的东西，血缘是一个人生而确定的体格，诗中的“血缘错失”，便是“自血缘之约存在起便错失”的意思，即“命中注定的错失”。

2. 风物

风物是指风景和物品，出自晋代陶渊明《游斜川》诗序中，原文为“天气澄和，风物闲美”。因为风景属自然，而物品属人文，两者相合可包容生灵之外的天地万物，所以后来人们常用它比喻大环境、大气候。诗中的风物，便是取“政治环境”之意。

3. 金刚

金刚原意是金刚石，也就是钻石。金刚成为佛教用语始于古印度，人们发现这种矿石自身坚固，佛教便用它来形容教法，坚固所以不会被破坏，无坚不摧，所以能破斥天魔外道。

金刚原本是古印度武器的金刚杵，因为西藏人民对金刚护法的信奉，金刚杵也演变成西藏密宗的法器之一。

同时，金刚一词也是指护卫佛门的护法神，在西藏密宗中很常见，金刚护法手持金刚杵，经常充当佛的侍卫，能摧伏外道，击败邪魔，被称为执金刚神、金刚力士等，简称金刚。除了被人们视作护法，金刚神还被藏区人民视作雨神。

诗篇二　一热再热

等到病灶上的病一热再热
梦中便叶落花飞
喉头发痒，一咳又是片片残红
那么多人在一个优点上累死
紧接着又有一些人被流水策划
帛裂 弦断 松竹梅再三地落魄
少男少女不屑于难解之结
只是在街头互相体贴
被低估的决心
任意膨胀
从成熟到反省
需要多少次轮回
被省略的一块块空地
哪一处才配被后人牢记
默默地走出自己的肌肤与骨血
掏心掏肺，以备来生独享

赏析

你这个人，是生病了吧？你看看你的脸色，你的身体，你那瘦骨嶙峋的手臂。

你的病好像重了呀！之前的病灶，似乎又扩大了些，就像那药锅上的汤药，被文火烧着，热腾腾地煮沸了一遍又一遍。

你却只是笑笑，仿佛你早已看到了全部，于是你又睡了。在你的梦里，叶落花飞，春色凋零一片。

你便慌慌张张地睁开眼，想看看真实的世界。心一动，喉头一痒，腥咸的气息上浮，你一咳，世界竟也落下片片残红如血。

诗人用了极短的篇幅，便刻画出一个重病的凄凉景象，凄凉，却又那么美。生命也好，神思也罢，就连梦境和咳出的血污，也化作纷飞的花叶，在梦境与现实之间徘徊。

一切都喑哑成死寂，仿佛生命从来不曾来过，那种用尽全力才能隐忍和克制的痛苦，竟和失去桑结嘉措时如此相似。

那么，这样之后，诗人的眼中还剩下什么呢？诗人从绝望，转向了叹息。因为他还活着，而且也必将活下去，而眼前的天地，已经物是人非。

有多少人为了自己的一个优点拼尽生命，执着落作固执，固执浸成执念。真的好，需要更好，只有更好，才是好，为了达到那个要命的优点，为了保持那个骄傲的优点，又有什么不能抛却？那遥立在金光中的优越之物，财富、权力、地位，哪一桩不令人心神向往？

于是，那么多人，身体健康、毫无疾病地累死了，他们扑倒在前行的路上，成为后继者的垫脚石。紧接着，另一些人的事迹成了落花随流水，浮浮沉沉地被水波策划指引。

世间的一切都在枯萎，为了优点或缺点的死难，荒唐地昭示着自己的意义。

美丽的女子，曾绣出多么精致的锦帛，一针一线的工巧，每一根藤蔓，都是心思甜美的缜密；抚琴的男子，曾奏出多么清雅的音符，一弦一柱的倾诉中，每一串音符，皆是空谷长风的襟怀。

明明没有病症，也没有呻吟，流水一冲，帛裂弦断，天地昏暗无色，寂寥无声。接着，寒梅摇落，翠竹枯败，万年不凋的劲松也垂下了枝丫，所有的淡雅与高妙，一应俱失。

曾经专注的少男少女，不再纠结那难解的绳结，解不开的缘分，就随它自在。一对小小的身影，在街头相对而立，互相体贴，互相陪伴，比那解不开的绳结还要亲密。

他们那相伴的决心，比扯不开的绳结还要坚实，可又有多少人，咬牙切齿立下了决心，却哄的一声，被众人付诸笑话。什么为优点鞠躬尽瘁，什么将懒散驱逐万里，就像少男少女懵懂的爱情，都被人一笑了之，扔在潮湿昏暗的角落，任其肆意膨胀。

似乎只有成熟，才能紧握住身边的伴侣。少年渴望着成熟，就像狮子渴望着鬃毛丛生，苍鹰期待着正羽凌厉。

可只有那些成熟后的人才知道，幼稚像一匹野马，成熟却是一味毒药，毒杀了少年时的直率与热烈，镇压着现世的憧憬与梦想，让他居高临下地俯瞰着一路走来的经验，得意扬扬。

这样的嘴脸，需要经历多少次的轮回，看遍多少世的兴衰，才能真正地垂下头，将自己彻底反省？谁来明言，那蛇尾一般拖向后世的经验和教训，哪一桩是对，哪一桩是错？

就像广阔疆域荒芜的一块块空地，谁又能分得清，哪一块该为后人标记？到头来，还不是一块块相同相似，一块块模棱两可，在精益求精和随波逐流之间徘徊。

世界也跟着荒芜了，因为失了反省，没了认真，优美就像庭前闪现而过的花影，忽地一下决然飞走。

诗人看看周围，又看看自己。

他开始向前走，一步步向外走，从自己的肌肤与骨肉中走出，怀揣着自己跃动的心肺，用一生的力气，向来生走去。

这首诗是灰暗、无望甚至是绝望的，病入膏肓的人、呕心沥血的人、徘徊无路的人，一切都在断裂，一切都在改变，变得不再美好。没有人反省，也没有人铭记，只有诗人自己，将自己诚挚无瑕的心肺尽数掏出，一寸一寸地打量。那些在今生已经无望的美好，就让来生去感受。

在于道泉先生和曾缄先生的译本中，也找到了有相似意象的译诗，但从含意上看，差距似乎有点大。

于道泉先生译诗其十一：“我和市上的女子，用三字作的同心结儿，没用解锥去解，在地上自己开了。”曾缄先生译诗其十一：“游戏拉萨十字街，偶遇商女共徘徊。匆匆绾个同心结，掷地旋看已自开。”

两首译诗都提到“闹市”“女人”“同心结”“自己打开”，从两首译诗的寓意上看，都是在说诗人和这名女子“情深缘浅”，绾了的同心结，扔在地上自己就开了，实在是有缘无分得很。

而在马辉先生的这首译诗中，诗人与闹市的女子，被译为纯洁的少男少女，难解的结未必同心，抛下绳结不顾的他们，却在闹市的街头同心。

于道泉先生和曾缄先生的译诗中，与马辉先生这首译诗相近的，除去几个意象指代，剩下的，怕是也只有“有缘无分”的惆怅无奈，与世间萧条的无望哀愁能够相互印证了。

题外小注

1. 病灶

病灶，顾名思义是病痛源发的部位，扩散到身体其他部位的病毒，都是从这个部位生发的，形象地说，相当于病毒的“巢穴”。疾病并非一定要“热”才会发作，这里说的“一热再热”，只是借“灶”字的本意，更为形象地描述病症一波重于一波的状况。

2. 被省略的空地

空地不单单是指无人，也是指没有任何人类痕迹的，比如自建的房屋、修整过的草场，这些都不能称为空地。在诗人眼中，空地是荒芜甚至有些悲凉的，这一块和那一块没有区别，不光是从佛家的角度看没有区别，就是让一个平常人看，也没有区别，这才是空地令人悲哀之处。在几生几世的轮回往复之中，不会有人记起，更不会有人提起，它们就一直空下去，就像诗人的很多理想一样，真实地存在着，却也真实地销声匿迹。

诗篇三　密林中

在密林中遇到故人
用半生半熟的野果互相美化
比回避一个种族更艰涩

从一朵花到一座雪山
谁能越过六字真言

日出日落，男女老少总喜欢跑回家中偏食
挑肥拣瘦的富人无奈之下只能接受子孙的盘剥
却依然暗藏血色
杀戮，远远满足不了刀口

而一到紧要关头月亮就弯，思念就圆
一声再见，柳色青青
逐渐模糊的背影
只够偿还欠给邻家的敲门声

赏析

这首诗，几乎可以看成是诗人写给自己的老师、时任第巴的桑结嘉措的。

从相见到相离，从祸起到尘埃落定，桑结嘉措和噶尔丹的友情，比西藏繁花之下的中伤还要错落有致。从少年的噶尔丹踏上西藏的土地的那一刻，似乎就已注定了这样的结局，只是这结局，伤害了太多人，而桑结嘉措，只是第一个。

他在山峡中的密林里，遇到了故友，那是很久以前就离开西藏回到蒙古的噶尔丹。

好久不见，是不是该聊些什么？

彼时的噶尔丹，已经将清政府的视线引到了自己头上，也引向了与他关系亲密的桑结嘉措身上。一荣没有俱荣，一损却注定俱损，这是边疆的命运，也是时局的注定。

事到如今，还能说些什么呢？

不如抬头看看天空，低头看看脚下，虽然天空早已被浓密的枝叶遮挡，虽然脚下的苍翠早已变成深深的墨绿。静谧的林中没有声响，低矮的枝丫上，野果纷纷垂着头。

摘下几颗野果，递向彼此眼前，那果子半生半熟，就像是他们的缘分与情分，情分已熟透，缘分却不成。

可不可以用一颗野果来彼此美化，就像曾经为彼此呈上洁白的哈达。

两人相视地笑，那笑容比淡青的野果还要生涩。在一口而尽的艰涩中，他们忘记了彼此的种族，唇齿间，只有未熟的半颗野果，在无声地诠释着差异的美丽和凶险。

世间万物丛生，云雨、山川、江河，众生一眼看遍，仿佛没有什么再能称奇。

当人们坐在一朵花前，数着娇弱的花瓣，从一数到六，再从六数回一。高耸的雪山在远处静立，晴雪缀满山巅，一如繁花洒满草地。一朵花禁不住雪山的高冷，雪山也无法俯下身，亲吻一朵小花。从低矮的平地，攀上雪顶的山峰，谁又能越过那六字真言。

无处不在的大智慧，是一朵花，一座雪山，一个人，所有人。它在心上，在山巅，在花下，在人间，在转经筒每一圈的念诵中，在每一勺酥油的供养中。

无论走向何处，无论身在何方，六字真言都萦绕在耳畔，吞吐在唇齿之间，声声不灭，生生不忘，又何必去想是藏是蒙，是敌是友。

他们曾一起绕过六瓣的小花，一起眺望雪山，一起在洗涤众生的河岸上游荡，却终于相携着欢笑，一并失落在日夜交叠的夹缝之间，断了风华。

无论白天黑夜，人们总爱回到家中进食，在安稳的空气中，尽情地烹煮自己所爱的食材，只有自己的家中，可供如此的偏食。

而当权的富人却满怀心事，他在堆满财富的房子里挑肥拣瘦，他的子孙却比他还要猛厉，他造就了他们，反过来，便要受他们的盘剥。他老了，于是只剩下无奈，但年轻的眼睛，却在他的刀口上，看到了暗藏的血色。

那暗淡的光泽刺激着浑身的味蕾，随着刀身的震动，一起战栗。暴烈的杀戮，永远满足不了渴血的刀口，流血越多，眼睛越红，拉藏汗的身影，乘着历史轮转的寓言，姗姗而来。

时间一停，生命也跟着紧张起来，就像风声一紧，众生都在游疑。

只有月亮还不慌不忙地走着，在无边的星空下，消瘦着自己，喂饱了思念，就像诗人消瘦了自己，只为将桑结嘉措的身影留在梦中。

而思念正圆着自己的肚子，笑着月如钩。笑明月孱弱如此，如今已连一声再见都无法背负，只得将它挂上柳梢。

一声再见，万籁俱寂，连日光也闭了闭眼睛。柳色迎着风，拨开雾气，探出青青的脸庞，凝视着多年前那个背影，循着连绵的柳色，走入浓得化不开的尘雾中，渐行渐远。

若是桑结嘉措还在，他会不会轻轻叹一口气，在那个逐渐模糊的背影消失前，拖着脚步，替他在邻家的门上，敲上几声，作为最后的绝响？

那一刻，木门之上，响彻着两人的前世今生，也摇撼着诗人的今生来世。

题外小注

1. 密林中的故人

密林是僻静的、阴暗的，略带隐秘的气氛，在这里遇见的故人，绝不是“有朋自远方来”那种欢天喜地的重逢，而是沉重、深厚又无奈的，这种情绪交织在一起，拧成暗流，倒流进心底。诗中的密林，正是光天化日之下的秘密花园，藏着不愿为人知也不愿向人道的故事。

2. 半生半熟

半生半熟传达的是一种尴尬的状态。在果子成熟之前鲁莽地摘下来，之后扔掉也不是，吃掉又难以下咽，就像刚刚结下的友谊，等不到果实落地，就被变故吹败，既尴尬又令人惋惜，这种错失的感受，远比果子本身的味道苦涩得多。

3. 月亮与思念

这首诗中，写出了最美的月亮。月有阴晴圆缺，月下相思成灾，这些事众所周知，但很少有人能想到，月亮的缺是为了注满思念。这种突如其来的对应关系，不禁令人心神一亮，更使得月婉约、思灵动，无论是原诗中的寓意，或是译诗中的加工，都堪称神来之笔。

诗篇四　心上的草

心上的草
渐渐地枯了
心上的杂事、杂物……次第消失
我也随之空下心来
这时，玛吉阿玛的脸
浮现在我的心头
而月亮正在攀过东山
不留任何因果
……
此刻，除了这无边的宁静
还有什么值得我拥有呢

赏析

这就是诗人颇受争议的那首《东山诗》。

总是不能安心地禅定，繁芜的思绪缠绕心头，仿佛是原野上的青草，受了早春的诱惑，从沉静的土壤里探出头，一棵棵紧紧挨挨，乱蓬蓬地丛生。

总是要等上许久，等到夏天走过，等到秋风吹拂，草叶才会慢慢凋落。总是要静坐许久，才能将心上的草等得枯萎。

渐渐地，心上盘桓已久的杂事、杂物，也一件一件消失，就像秋草对着夕阳，一片一片地枯败。

在逐渐平和的呼吸中，诗人的心也空了下来，就像平静的水面不再有倒影，他的心上一片澄明。

这时，佛祖的脸庞浮现在诗人的心头，就像皎洁圆满的月亮，攀上东山的山脊，不需要任何因果，更没有任何借口。那只是前世今生的一次偶然，蓦地显现在诗人的心中。

一切如此圆满而纯粹，完美得令人难忘，那一刻，连呼吸都变得干净舒畅，诗人沉浸在明朗的观想之中，只顾得上感叹一句。

除了这无边的宁静，世上还有什么事，是值得他拥有的呢？

这首诗在于道泉先生和曾缄先生的译本中，都被排在第一首的位置上。

于道泉先生译诗其一：“从东边的山尖上，白亮的月儿出来了。‘未生娘’的脸儿，在心中已渐渐地显现。”曾缄先生译诗其一：“心头影事幻重重，化作佳人绝代容。恰似东山山上月，轻轻走出最高峰。”

这两首译诗写的都是月亮从东山后面升起，脸儿在心头浮现，但这到底是谁的脸，却一直是研究者们争论的焦点。

在于道泉先生的译诗中，这张脸的所有者被直译成“未生娘”，到了曾缄先生的译本中，脸的主人又被引申为“美人”，令人误以为抓住了情诗的端倪。

到了马辉先生的这首译诗中，之前那个备受争议的词，被直接音译为“玛吉阿玛”。但这个神秘的“玛吉阿玛”到底是什么意思？

玛吉阿玛，原文为“ma-skyes-a-ma”，其中，“a-ma”在藏语中是母亲的意思，也可以理解为任何一个美丽的女性形象，而前面的“ma-skyes”含义有两种：“未生”和“未染”。而这个“未染”，很可能是“未生”的引申含义。

如果我们将前面的词理解为“未染”，那么整个词组就可以理解为“纯洁的少女”“圣洁的母亲”，如此一来，这首诗便成了一首写给爱人的思念之诗，或者是诗人在比喻自己纯洁崇高的梦想。

可是，熟悉藏文的研究者们提出，“ma-skyes”本身就是一个组合词，是在“生育”的词组前加了否定，可以直译为未生或非亲生。

那么，诗人为什么要如此拗口地写下“不是亲生的母亲”呢？

这当然不是诗人在暗示他有一个继母。“不是亲生”，却如“母亲”一般圣洁、美好、宽容、温暖，从诗人特殊的身份和地位来看，这个对他有再造之恩的“母亲”，除了呕心沥血培养他成才的桑结嘉措，就是佛。

如果这个“母亲”的形象是在形容桑结嘉措，那么这就是一首政治抒怀诗，如果“母亲”的形象是佛，那么这就是一首记录他观想心得的诗。

也许没人知道，诗人提笔写下这首诗时，到底是怎么想的，不过总之有一点可以确定，这绝不是一首写给恋人的爱情诗。

在马辉先生的这首译诗中，虽然将这位“备受争议的母亲”音译为“玛吉阿玛”，但译者的态度非常明确，这是一首解释佛法的诗。纷乱的心头草一枯，所有的杂事杂念都被抛到九霄云外，诗人的世界里，只剩下佛的样貌，犹如从东山上升起的明月一般。

在曾缄先生的译诗中，更是用“心头影事幻重重”来比喻参禅入定之前，心上那瞬息万变此起彼伏的杂念，而“轻轻走出最高峰”中，“轻轻”的步履，形容的是观想时的宁静，“最高峰”则印证着佛法的高妙。

所以，那些将本诗理解、翻译成情诗的人，怕是枉自遐想附会一番，却误读了诗文，也误判了诗人的心思。

题外小注

1. 心头草

“心上的草”是一记非常绝妙的比喻，写出了念头的杂乱无章，也有屡除不灭、反复侵袭的意思，生动地描绘出那种生长时让人心痒，壮大后却教人头痛的杂念。

2. 因果

因果，多见于佛家用语，指的是因果报应。按照轮回的说法，种下什么样的因，就会结什么样的果。在日常中，多表示原因和结果，比如“互为因果”。诗中的“因果”指的就是因果报应，只不过这一次是说佛的出现与因果无关，佛常在，故无有因果。

诗篇五　仇人的梦中

从容地进入仇人的梦中
需要开辟多少条邪路
缘来花开
缘去花落
一滴血足可以红透高原
预期以外的骨头倾向于剔刀
强盗诵经时总忍不住回头早恋
而在雨雪交加的途中没人要求一位浪游的诗人沦为帝王

精打细算地爱着
女人总是被时光推迟

赏析

心怀仇恨的人，总是暗藏鬼胎，他们的表情和心思，总有一个是真、一个是假，就连在清净的深夜，通往睡眠的道路也种满邪念之花。

人与人之间的仇恨，从心内吐出绵绵长丝，缠成一层层的厚茧，障蔽了全部的知与觉，只留下越来越多的怨，在密不透风的黑暗中成长，就连梦境也无法美好。

若想走进仇人的内心，需要走过多少散发着恶毒的花朵，若想走进充满仇恨的梦中，需要开辟多少条邪路，才能踏进那片生出恶念的潜意识。

可是，用力去开辟，用力去憎恨，又有何意义？世间的事，无外乎得失去留，却终免不了落得随缘。缘来时，花开正好，缘去时，花朵零落。战乱中，人人倒下，却不知只要一滴血，罪恶就能够浸染整座高原。

面对杀戮时，人人胆寒，刽子手得意地笑着，看着早已熟悉的恐慌。可是，一眼望去，总有意料外的勇士，用铮铮硬骨直面剔刀，嘴角挂着轻笑。

庸人中也有猛士，就像暴戾的强盗，跪下诵经时，仍然忍不住回顾他年少时的好时光。在刀锋没有记忆之前，在血腥没有长满掌心之前，心底柔软的时光中，总飘着初恋的好味道。

一个强盗亦是如此，更何况是那些只在怀揣着邪恶憎恨的仇人。诗人没有怨恨，甚至连嗔怪都不曾有，在他的眼中，一切交集，都是缘，引得花开花落，引出美好与伤痛。

和诗人不同，世人永远在抱怨，却又都在努力而勇敢地活着，前行于雨雪交加的寒苦之中。他们背负着庞大的行囊、沉重的过去，埋头一步步地向前走去，走向一个他们并不能清楚看见的未来。

路上，他们遇见了浪游的诗人，诗人行囊简单，步履轻快，他没有前行的方向，也没有后退的觉悟，他只是信步走着，却依旧容光焕发。

人们看着他，惊异于他的轻松自在，也惊异于他眉宇之间的豁达通透。一路上依旧雨雪交加，他却连眼睛也没有眨，眉头也没有皱一下。

人们驻足在他的面前，崇敬地看向他，虔诚地将手伸向他，希望他抛出一纸祈福的歌谣，为他们抹去一生疲劳。他们围着他，安静地相随于雨雪交融的泥泞之中，却没有一人请他做领袖，因为他们知道，浪游的诗人，本该是自由的、没有牵绊的，又怎能沦落为一代帝王？

可是，一切都只是诗人自己的精打细算，刀尖下的一滴血，早已照见他的前世今生，整座高原都在为他磨砺，他依旧是一方帝王，瘦削的肩膀撑起雨雪中的屋顶，为百姓操持，为众生祈福，无论他多么渴望那名浪游的诗人，却终究要错失。

就像，每一个女人，都努力为自己计划，小心翼翼地演练，精打细算地爱着，却只能一个又一个地被时光无情蹉跎，直到红颜老去，也未能得一个美满的结果，就那样，一起迷失在雨雪交加的路途中，沉没在不知谁人的梦中，盼缘来花开，看缘去花落。

对于自己的处境，诗人再清楚不过。他身居高位，无上尊贵，他的心澄明无挂，犹如浪游的诗人，无牵无扰，身体却被仇人的梦境紧紧缠绕，片刻不放。他能在一滴血中看穿罪恶，也能在花开花落中领悟缘起缘灭，却不能阻止自己沦为帝王。

当然，诗人没有叹息和抱怨，他将自己的际遇也看得平静，就像他清楚地知道，时光总要让精打细算统统落空，而他的愿望，也是这样，如同在一朵落花中，缘已去。

题外小注

1. 仇人的梦

仇人的梦，不见得一定是睡下后的梦境，梦除了不真实，还有假象、盼望的引申含义。在这首诗中，诗人很可能是用“梦”来指仇人策划的阴谋。于是，无论是主动地进入，或是被动地拉入，都成了一种罪恶。

2. 强盗的早恋

强盗总是与杀人越货的肮脏勾当联系在一起，但在这首诗中，却怀揣着对早恋的惦念。这一对意象，除了含有辩证的含义，还饱含了诗人对众生的怜悯宽容，在他看来，即使是强盗，也有柔软的一面，也有值得救赎的闪光之处。

诗篇六　有所保留的爱

人们有所保留地爱着我
而一遇到好处谁也停不下来
谁越过珠峰谁就有力气亲密地
敌视我
我已经习惯了被别人等待
在这个世上能够把一人爱死的
只有鹦鹉

赏析

诗人是至高无上的六世达赖，却依旧被世俗伤害，颠簸在利害的坑洼上，一路向前。

于是诗人在这首诗的开篇就感叹道：“人们有所保留地爱着我。”

需要时，他便是无上领袖，能助人消灾祸，度苦厄，其他的时间，他与人们的生活，并无瓜葛，不会有人醒着想到他、睡着想到他、梦里想到他。

众生万象，每个人都会怀揣私心，而诗人，必定不是他们的全部。

不过，一遇到好处，他们便谁也停不下来，就像极渴之人纷纷奔向清泉。他们贪婪的内心，永远禁不住一丝诱惑，在抢夺中频繁向前，趋之若鹜，早已不记得初衷何在。

诗人却看得平淡，在几生几世之前，在夜夜念诵的经文中，他早已将人心参透。

而那些站在身后，满怀心思敌视着他的人，在诗人看来，竟是那样无力。他们是阴谋的高手，却是勇气的矮子，他们没有一个人，能跨越接天的珠穆朗玛峰，怀着一腔坦荡，站到诗人面前，在伸手就能触到的距离中，放肆地敌视他。

他们没有力气，更没有勇气与魄力。他们永远站在阴影中，日夜潜藏，不敢面朝雪山，生怕那明亮的闪光会刺伤他们的眼睛，刺痛他们灰暗的内心。

诗人用自己如水的目光，看着那些怀着私心爱他的人，看着那些怀有敌意却没有勇气的人，之后，他慢慢眨眨眼，声音和心事一样干净如流云，轻轻地说着“早已习惯了被别人等待”。无论生与死，他总是淡然，而期盼的、等待的，从来都是别人的事，更是别人的执念。

写到最后，他只是说，这世上只有鹦鹉，才值得去爱，甚至，爱到死，而纷纭的众生，与危险的敌人，甚至是那些将他奉为无上的信徒，谁又能在遇到好处时，让自己停一停呢？

只有鹦鹉，拍打着翅膀，重复着似无意，却真实无比的话语，一遍又一遍，没有尽头，也不会去打听，世间到底有没有瞬间与永远。

这首诗短小精练，在开合之间，却写尽人情世故。诗人用爱与好处、亲密与敌视刻画出世人瞬息万变的嘴脸和心思，而将自己留在一片平和之中，与一只鹦鹉为伴。诗中满是看破世事的豁然，与枉自叹息的悲悯，可这世上，追名逐利的人那么多，心浮气躁的人那么多，又有几个人，真的会听从他的话呢？

题外小注

1．珠峰

珠穆朗玛峰，是喜马拉雅山脉的主峰，世界海拔最高。在藏语中，“珠穆”的意思是“女神”，“朗玛”则是“第三”，这是因为，珠峰在周围的几座山峰中，位置排在第三。

即使没有精确的测量仪器，当年的西藏人民也能辨别珠峰比其他山峰更高，所以在这首诗中，珠峰的意义便不再仅仅是一座雪山高峰，而是代表了至高的神圣。越过珠峰，便是越过世上所有的牵绊，向天堂走一次，更有洗净心灵之意。

2. 鹦鹉

传说，禽鸟居住的西方极乐净土中，有鹦鹉的一席之地。从古至今，鹦鹉一度以善于模仿人类的语言而闻名。

在这首诗中，诗人提到的鹦鹉，也是因为具备这种能力才被人“爱死”。当诗人身边满是私心膨胀、各怀心事的人，一只并无恶意、机械学舌的单纯鹦鹉，反而让诗人感到难能可贵，它的学舌看似重复，而这种不问因果利害的重复，却正是浮躁的众生所缺失的。

诗篇七　一层薄梦

一层薄梦
遮住了三生的艳阳天
末法之季
有人出发
有人回家
牛羊误事
梦中草色新
我在节骨眼儿上站了站
佛在关键之处顿了顿
致使所有的女子一到拉萨
马上就瘦得是是非非

每一次轮回都山高水长
而他们却在病痛以外
一律关怀自己
并且个个都不在话下

赏析

这是一个衰败的时代，从世间，到佛门，一切该珍视的都在腐化，该摒弃的都甚嚣尘上。世间繁荣，心境却荒芜，人心落败，而自身却越发坚挺。

也许是诗人在宗教与政治的夹缝中挣扎了太久，看遍了政治的残酷、人心的险恶，也看尽了宗教的无奈，才会变得如此失望。

现世的一切，如同浮云飘过天空，淡淡的一层，竟也能阻隔眺望的视线，蒙蔽清澈的双眼，就像一场轻薄的梦境，遮住三生三世间所有的艳阳天。

佛法普照世间，有如明艳的太阳，将每寸阳光洒遍天地，滋养万物生生不息。此刻，却被梦境挡在世外，而众生浑然不觉。

从此，生生世世的轮回中，每一天，每一刻，每一朵花，每一寸阳光，都被镀上不确定的光晕，从此，心内身外，不再有清晰明净，更没有通透了然。

已经是末法之际，众生禅心动摇，一桩桩必要和不必要的俗事接踵而至，殷勤地呼唤着，试图引诱落定的心神。

意志坚定的人，踏碎路旁联翩的梦境，毅然出发，就算佛光在浮云之后，显得那么遥不可及，也一样要向前。

而那些安于现世的人，却转过身向自己的小屋走去，他们惦记着家中的牛羊，更在缥缈的梦中，见到满地的青草泛出新绿。于是，这些人，终于被他们的牛羊误了事，再无前行的可能，只在梦里，见一见美妙梵天，就像在梦里，见到新生的绿草。

诗人秉着佛经，轻轻念诵。漫漫长夜里，在关键之处停了一停，就像佛一样，顿了又顿，不着痕迹，却又巧妙地踏上那一点。

于是，那些喜欢纠缠是非的人，那些像女子一样计较的人，一到拉萨，便身子消瘦，兴致低迷，因为，这座布达拉宫脚下的城市，没了是非。

世间似乎安稳下来，可人心却再也回不到过去。

人们明明知道，每一次的轮回都山高水长、历尽艰辛。每一世，都要历尽苦痛欢喜，每一世，都有太多要品味和体察。可自大的众生，依旧自私着，他们只会掏出真心关怀自己，或是在病痛缠身的时候，关心一下自己的病症。

“不要说你是那个例外，你也一样，你们个个都不在话下……”

这首诗是诗人对众生的阐述，是他的所见与悲哀。他凭着一双慧眼，眼睁睁地看着利益权势像一场好梦，遮住了人们生命的全部灵光，而他除了哀叹世界堕入末法之时，却什么也做不了，甚至连他自己，也沦陷在政治斗争的风口浪尖上。劝诫已经失去了力量，每个人都在关照自己，丝毫不会将旁人放在眼里，诗人被如此对待，而众生如是。

题外小注

1. 艳阳天

艳阳高照，说的并非是冷暖，而是一种天空的明净，只有在无云微风的时，才会有真正的艳阳天。所以在这首诗中，艳阳天指的是一种澄明清净的状态，诗人用艳阳比喻至高佛法，佛法当空，犹如艳阳高照，每一寸土地都得到福佑。

2. 末法

末法时代，正法衰颓灭绝，是“佛法的黑暗时代”，这种说法与希腊早期神话将时代划分为“金银铜铁”有些相似。

佛法的发展，被分为三个时代：

正法时代：指的是佛祖释迦牟尼出生到涅槃之后这一千年，这一时期是佛法的坚纯广盛时期，修道证果者很多，众生向善，民风淳朴，功利思想相对淡薄，社会风气良好，所以人们对“善”也更容易有信心。

像法时代：这一千年，佛祖涅槃，人们开始利用佛像、佛经等佛的象征物。这一时期，人们的思想还是比较纯正的，所以得道者也比较多，但佛法因为流传在各地，已经产生了分化。

到了末法时期，长期分化甚至变质的佛法会逐渐衰微，最后走向灭亡。这个过程有一万年之久，按照时间推算，我们现在社会刚好处于末法时期，末法的具体特征是社会风气不好，外道邪道风行，人心阴暗，物欲横流，贪嗔痴三毒盛行，甚至连原本纯净的教法也在变质。

佛祖生于公元前第一个千年的中期，也就是公元前 600 至公元前 400 年左右，到了诗人所处的时代，佛教刚好盛行两千年时间，转向了末法时期。

诗篇八　被超度的女子

那位被一次盛宴超度的女子
满怀春意
在佛法中轻轻地养心
她无意间抬头看了我一眼
雪域高原便颤了颤
那一天
我竖起了为她祈福的宝幡
而无处不在的菩萨
却一声不吱

赏析

女人之于佛法，似乎是最不该被提及的，但是在诗人看来，似乎只有浑身充满禁忌的女人，才更能展现出佛法的高妙。

那是一名女子，明眸善睐，她被一场盛宴超度，就此脱离苦海，身心宁静。

她怀着春光一般温暖美妙的心思，唇齿间挂着微笑，潜心诵读着经文，在佛法中陶冶心性，静养心神。

诗人出现时，她无意间抬起头，看了一眼。那黑白分明的眼睛，像白色的积雪间，露出高原上的冻土，在眼波流转间，只一眼，就让雪域高原整个地颤动了。

那些立在高原之上的人，是不是也跟着颤了颤？

就在那一天，诗人为那女子竖起福幡，为她祈福。风声吹动福幡，转经筒嗡嗡作响，可是，那无处不在而无所不知的菩萨，却是静静的，没有一丝声音。

这首诗前后一致，非常统一，仿佛就是在写一位美丽的女子，打动了诗人的心房，让他心头一颤，天地也跟着颤动。最后，当他为她祈福，为她竖起福幡，那位能给众生带来福祉的菩萨，却用无声的沉默，否定了一切。

甚至有人猜测，这首诗是诗人写给他心爱的琼结姑娘达娃卓玛的，因为传说，他们曾在龙王潭的聚会中相识，正符合诗中所说的盛宴，可是，若真是如此，那么“超度”在这里又是何意呢？难道说，她打动了诗人的一颗凡心，令诗人对她朝思暮想，就是一种超度吗？

答案似乎并非如此。

武断地将这首诗看成是诗人心动的证据，只是从字面意思上理解。

诗人的诗行中不断地出现女子，却极少是他遇见过的人，而只是借以比喻自己心中的美好事物，或是对禅定修行具有威胁的消极影响。

这里的美丽女子，极有可能是政治上或形势上的一次转机。无论是拉藏汗的休兵，或是表面上的和平，或是某一次宴会上派中长老的团结，都可能让诗人在心中重新燃起对政局的希望，这种美好的迹象，以及它可能带来的好结果，都足以令西藏全域震颤，也更值得诗人为“她”竖起福幡日夜念诵。

而且，这一次的转机，很可能不是与拉藏汗的军事冲突，而是发生在派内，或是在西藏地域内，是与诗人有着同样宗教信仰的力量，所以，才会在“佛法中养心”。也就是说，共同信奉的佛法，是可以让这个“美丽的女子”更加完美的桥梁与源泉。

不过，从最后一句诗行来看，这份美好的转折，只是诗人一厢情愿的想法，一声不吭的菩萨，已经暗示了最后的结局。

无论当时的结果如何，这首诗都有种浑然一体的美感，仿佛一切都是顺理成章，再没有什么情绪，能比诗中流淌的这份更加自然。

含意相近的译诗，在于道泉先生和曾缄先生的译本中也能找到，不过不是一首，是每个译本中各有两首。

于道泉先生译诗其十九："当时来运转的际会，我竖上了祈福的宝幡。就有一位名门的才女，请我到伊家去赴宴。"其二十："我向露了白齿微笑的女子们的座位间普遍地看了一眼，一人羞涩的目光流转时，从眼角间射到我少年的脸上。"

曾缄先生译诗其二十一："为竖幡幢诵梵净，欲凭道力感娉婷。琼筵果奉佳人召，知是前朝佛法灵。"其二十二："贝齿微张笑靥开，双眸闪电座中来。无端觑看情郎面，不觉红涡晕两腮。"

同样都是竖起福幡，但在于道泉先生和曾缄先生的前一首译诗中，似乎更倾向于称赞福幡的作用，竖起福幡，则有凤来仪，是为灵验。而在马辉先生的这首译诗中，竖起福幡是为了祈求好运。

到了第二首译诗，便是说盛宴中的女子，三首诗几乎完全吻合，"春意"与"羞涩""红涡"相对，"无意间"与"流转"和"无端"相应。不过，在于道泉先生的译诗中，少了电光火石之间的震颤，高原的震颤，在曾缄先生的译诗中，体现在双眸的"闪电"一词中。

在版本对比中，马辉先生的一首译诗，却能从于道泉先生和曾缄先生的译本中找到前后相邻的两首译诗，这是一个非常有趣的现象。

需要明确的是，诗人的原稿，并不是当下这些译诗的格式，原稿是大段的诗行，没有小节之分，我们现在看到的六十二首于道泉先生译诗，或是六十六首曾缄先生译诗，都是翻译者根据文意和自己的理解，将原诗分成段落翻译而成。所以才会出现两首译诗在另一个译本中变为一首的情况，因为这些段落与小节，本身就是翻译者自行划分的。

相比于道泉先生和曾缄先生的译诗，马辉先生这首"组合版"译诗显得更加丰满流畅，虽然它依旧没能给出一个明确的答案，让我们清楚地推断诗中女子的背后到底有什么样的故事，但至少它在起承转合之间，让我们看到了诗人对这个美好事件热忱的希望与忐忑不安的无奈心情。

题外小注

1. 超度

超度，字面意思是“以超越的姿态度过”，有赶超之意。不过这个词更常见的场合，是在佛教等宗教领域，它几乎已经成为宗教仪式中的一个专业术语，在佛教、道教中使用频繁。

超度在宗教中，是“超然地脱离苦难，圆满渡向彼岸”的意思。现在，大部分的超度仪式都是为亡灵准备的，但这只是超度的狭义解释。事实上，使灵魂脱离邪道、回归正法，破除迷障、获得证悟，都可以称为超度。超度的方式有讲解、诵经，道教一般更多地选择作法的方式。在这首诗中，超度便是使其回归正法之意。

2. 菩萨

菩萨是“菩提萨埵”的简称，也作菩提索多等等，意思是求道、求大觉悟的人，协助佛教化众生。从字面意思看，菩提的意思是“觉、智、道”，萨埵则是“众生、有情”的意思。在佛教中，特指“求无上菩提的大乘修行者”，简单地说，就是在修行上有大成就之人。另外，菩萨是佛位的继承人，因此也被称作“法王子”。总之菩萨修行和地位极高，仅次于佛。

诗篇九　暮色中的群山

暮色中的群山
由我逐一坐稳
梵音
白云
梦痕
静修止
动修观
止与观之间
佛意绵绵
我在树下梦游
灵机一动
便是千年万年

赏析

群山隐入暮色，时间也跟着安静了。

一寸寸的夕阳，无声地滑过群山万年不变的脊梁，而诗人怀着一颗禅定之心，如群山一般沉默，稳坐在这一座或是那一座山上。

仿佛是坐遍了群山，却又纹丝未动。因为他自己，便是稳坐于西垂暮色中的群山，黄昏里的每一座山都是他，一样静默，一样安然。

风声传送着梵音佛语，轻得似不可闻，却又清晰得如近在耳畔。那是日夜念诵的经文，在眼前，在唇边，在心内心外，在世间万物的凝思之中，也在诗人的一呼一吸之间。

白云掠过山顶，也掠过诗人的头顶，投在地上的影子，是人们幻想出的脚步。梦在夜里苏醒，又在清晨遁逃，阳光下，只留住浅浅的痕迹，模糊不清，比那方落地的云脚还要不如。

云是飘在风中的梦影，梦是投在心上的云脚。在群山眼中，白云一日千里，一时千姿，就像捉摸不定的梦境，皆是空幻。在诗人眼中，梦境一夜万般，一动万象，比天上的白云还要缥缈，是落在心上的幻影。

而动静之间，诗人依旧安坐。在止与观之间，没有动静，没有风云，噩梦散尽，美梦安眠，只有佛法无边，在天地之外、动静之间属意绵绵。

没有了晨昏，没有了山河，天空云朵，火烛银梦，时间也失了颜色，只有梵音缭绕，焚香在佛龛之前徘徊低吟。

而诗人却独自落座群山一隅，安于树下，闭目观心，乘着梵音在梦与梦之间游移，又将一个梦，慷慨地送给了另一个梦。于是那淡淡的梦痕便遗落在一层层深浅不一的梦境中，尽数消散。

伴着悠悠声响，诗人心头灵光一现，竟得更深彻悟，转眼便照见千万年的光阴，潜藏在山风中，从身旁流淌而去，连指尖也不曾停留一抹。

气势宏大的诗境，容纳万千的诗心，全都呈现在这一首短短的诗歌中。诗人未必真的入山清修，坐于佛堂又何尝不可观想群山万壑，一样的白云，一样的高树，映着如一的禅心。

所以，千年或是万年，在诗人看来，也不过只是一瞬，他心头一动，大千世界就流动了。而这种超越时间与空间的开合落笔，恐怕只有物我皆空的彻悟者，才能做到了。

题外小注

1. 静修止，动修观

这个对句是诗歌中的互文形式，并不是说只在求静时修行止，而在动时修行观，佛家本无动静之分，但止观却是一项非常重要的修行法门。

“止观”是佛语中常见的词语，止息一切身外环境与内心虚妄杂念，将精神专注于特定的对象上，是为止，在止的基础上，生出正法智慧，悟得世间万象皆是空相。静观这一对象，是为观，内心定，外无相，整个过程称为“止观”，即“定”“慧”二法。

“止”是平静、休止的意思，是让心处在一种专一无骛、安泰宁静的状态中，心不盲动，如止水无澜，神思便没有烦恼，才能安定下来潜心修行，所以“止”是禅定的修行法门。

“观”目前最常用的含义是“看”，也就是用眼睛看，但在佛语中，“观”是在禅定之中，无念无欲地直接观想，并且觉悟到万物无常无我的本质。眼睛看到的，也是一种虚妄，只有定心安神之后，以心观心观己观世界，将身体的存在、心绪的波动，乃至周围人事的一切表象，都悟成空，才是“观”的真正含义，它是修行者取得大智慧的法门。

2. 灵机一动

灵机指的是灵活的心思、心机，这个词本是形容人机智灵敏，能够急中生智，念头一转便想出办法。灵机一动这个词，多少带有些贬义色彩，通常用来形容一个人不肯深思熟虑长远计划，而是利用临时的小聪明来解决问题。

在这首诗中，灵机则是指参悟的大智慧，只有真正的智慧一动，才会让人有年代翻覆的感觉。而灵机一词，在最初并没有丝毫的贬义，只不过，世界上真有大智慧的人太少，大部分的人动的都是小机灵，所以，“灵机一动”这个词便在时光中慢慢地变了味道。

诗篇十　三两步便是天堂

一个人需要隐藏
多少秘密
才能巧妙地
度过一生
这佛光闪闪的高原
三步两步便是天堂
却仍有那么多人
因心事过重
而走不动

赏析

这是一首寓意特征非常鲜明的禅诗，诗中描写和抒发的，是诗人无比悲悯的情怀，更说破了佛祖悲悯众生的原因。

世间众生，碌碌无为或是罪恶多端，似乎都没有关系，在佛座之下，万物皆可得到超度和救赎，可是就像有人感叹过的那样："佛向你伸出手，想要度你，你呢？你却不肯伸手，让佛来度你。"

许多人，都在不肯伸手之后，抱怨佛对他的不管不顾，殊不知他自己从没意识到，他曾经一次次放弃了灵魂被超度的机会。被红尘俗念蒙蔽的双眼，早已认不出纯净的救赎，也更不知道，该如何敞开心扉，脱离苦海，获得救赎。

人的一生，到底会说多少谎话，隐藏多少秘密，不愿为人知，不能为人道。

从顽皮的孩童，到莽撞的少年，再成长为心思深沉的青年，是否变得越来越诡计多端？从清纯的孩童，到萌动的少女，再出落成含蓄婉约的美人，是否变得越来越心思复杂？谁又能保证，尘世中走一趟，身上能纤尘不染，心头能波澜不惊？

所有的杂念，都如同沉渣一样堆积在心内，人们的隐私，不堪回首的过去，不可告人的贪欲。而行走在世上，人总要让自己看起来干干净净，无论是在镜子前，或是在众人面前，面子比什么都重要。

这首诗，就是在描摹一个这样的现实。

一个人需要隐藏多少隐秘的缺陷，又要埋藏多少炽烈的愿望，才能平安地度过一生？

每一个岔路都有机关重重，黑暗中的双眼一刻不停地觊觎人心，随时准备张开那黑暗的大口，将虚弱的内心整个吞没。每一个岔路又都有佛光闪耀，在光鲜的外表下，刺探着人们内心最阴暗的角落。要将这些悉数藏好，是种多么巧妙的学问，甚至，可以称之为艺术了。

路过一片黑暗，人心便昏暗一层，却又要在佛光的体察下，装作若无其事。于是凡尘便结作致密的网纱，整个蒙住了心神，只为了遮盖那一角的瑕疵，众生竟忍心将慧根蒙尘、情投苦海，不复自在。

埋葬众生的，不是佛的虚怀缥缈，而是自己的心事过重，以至于要借由更深的障蔽去掩饰，竟至悲苦终生。

于是诗人立在佛前，和着佛前香灰的诵经声，悲悯万物。

人真是一种巧妙的生物。他们脸上写的，心里想的，身体做的，神思念的，如同天与地那样相隔千万里。妄念越多越重，藏得越深越好，皮囊便越发光鲜，手段便越加巧妙。

而为了这份巧妙，他们的心，实在太累太累。

隐藏即是背负，一个人背负的秘密那么多，就像在朝圣的路上，沿途捡起石块放入行囊，以为减轻了罪孽，却是加重了分量，就像人们在镜前粉饰了丑恶，却不知已伤了慧心。

执念之下，人们累弯了腰，个个低垂着头，麻木迟钝地前行，竟没有看到，这片佛光闪闪的高原，距离天堂只有两三步而已。

即使立在这片离天最近的净土上，他们也再难有力气抬起腿，登上天堂。

心事重重，举步维艰，他们匍匐在佛前闪闪的尘土中。纵使，天堂离他们是那么近，近到只有两步、三步。

而这一切，就发生在诗人眼前。他亲眼看到身边争权夺势的人们，每一刻都在远离诸佛，每一个决定，都将他们推向了更深的冷渊，而佛伸出的手，就在眼前，他们却看也不看一眼。

这些人，明明比世间众生都更接近天堂，可他们却宁愿背负着那些心事，让它们成为一生负累。而最可悲的是，当时间流逝，那些负累最终还将成为他们眼中的经验和财富，因为这是他们在年增岁长中积累的，这是他们凭深谋远虑赚取的，是他们的成果。虽然在诗人看来，那只是可悲的成果，但在他们眼中，却是生命的全部意义所在。

于是，诗人就这样眼睁睁看着那些人费尽周折，巧妙地活了一世，看着那些人一错身，让闪着光的天堂，映照他们被六尘蒙蔽的心，而诗人独自立在佛堂上，体味着千万年来诸佛的悲悯。

不过，诗人还是仁慈的，他并没有预言这些人的一生。众生皆可成佛，当他们意识到自己的蒙昧，也许他们便会有所觉悟。诗人是悲悯的，他只说他们走不动，却不肯说他们走不到，因为，那是他的子民，他虔诚地盼望着，有一天，他们也可以走出那三步两步，从佛光闪闪的高原，走向天堂。

题外小注

佛光闪闪的高原

这首诗中，“佛光闪闪的高原”有两层含义。从地面意思理解，西藏平均海拔四千米，只有少数地区海拔在三千米或以下，高高的地势，让西藏成为离天最近的雪域净土，这里是最接近天的地方，也是最接近天堂的地方，自然佛光普照。

另外，从西藏的地理位置分析，虽然被巍峨的喜马拉雅山脉阻绝，但西藏与尼泊尔、印度只有一山之隔，距离佛教的发源地印度非常近，也确实堪称“佛光闪闪”。正是由于西藏地区天时地利的优越性，才让这首诗中的悲悯与无奈，显得格外深重。

第四辑

风空篇

桃花红时
风中的爱情飘得很轻很轻
山山水水，华丽悲凉
流云轻踏着布达拉的屋顶
鹦鹉与孔雀在一面镜中
将彼此望断
一生的落叶
在死亡的香气中
填满古钟的余响

诗篇一　反复吟咏

经过我反复吟咏
桃花终于红了
林中的美人不堪扶持
薄醉后一心殉情
这时，前世的遗风吹开了所有的门户
赤橙黄绿
孤男寡女纷纷好色
眼见众生无端地空耗一世情缘
我只能放下心来
起身平步青云
珠峰上的雪
掩饰着曾经不可一世的器官

赏析

在诗人的反复吟咏下，桃花终于醒了，花心一动，转瞬便是一片粉红，眼前的一切都变得鲜明，仿佛整个世界都在等着这一天，阳光温暖，春花烂漫。

花红之后便是凋零，桃花只有几日，情伤却能到百年。趁着微微的熏香，那个伤怀不已的美人在林中饮酒，浅浅的醉意上头，平添了多少勇气，令她能推开扶她的人，悲哭着要跃进清池中殉情。

她哭着闹着，仿佛没有什么能阻拦她，而这时，前世的风吹来一次次重复不变的故事，日日紧闭的门户洞开，将形形色色的男女一一暴露。

赤橙黄绿，这是多少种色彩，比桃花的颜色艳丽，却比天边的彩虹还要缥缈。从前，现在，将来，孤男寡女一样好色，随时都在准备着为情殉命。

一世情缘，就在对痴情的妄念中，哗的一声空流了一地。而将桃花点醒的诗人，却无能为力。他眼睁睁看着他们将万般情缘无端空耗，将心神缠绕在转瞬即逝的色相之中，作茧自缚，他们痴迷的双眼，又怎能看得见他伸出的手掌？

诗人没有焦灼，更没有悲哀，他只是放下自己的妄念之心，站起身，从众生环绕中脱颖而出，平步青云，带着证道正果的空灵，信步离去。用珠穆朗玛峰上洁白闪光的积雪，掩饰着曾经爱过天地万物的那颗赤诚之心。

从一朵花，写到一个人，从一个人，写到一群人，那是几世的不变轮回，从前世，遗留到现世，再奔向来生。

众生永远如此，这个走了，还有下一个，不知倦怠，不懂回头，而诗人却离席而去，他穿过世间的纷繁色彩，越过伤情与爱情的分界线。

他不会被情所伤，更不会为情所恼，他是珠峰上最纯净的雪，而积雪之下，是他曾经炙热的全部。

这是一首散发着“世人皆醉我独醒”意味的诗歌，桃花是诗人吟咏红的，但他的心却不为桃花扰动。世上的人都在情中徘徊，无论是殉情的美人，或是深藏在房屋里的男男女女。

但是这些在诗人看来，都只是无意义的浪费，放眼望去，众生皆醉，而他已得正果，一切明识，就像山顶积雪一样清澈明净，不嗔，不恼，不怨，不怒，一切安好。

题外小注

1．遗风

遗风顾名思义，是遗留下来的风气，一般具有很浓的时代感，是过去的时代遗留下来的人文特点。说到遗风，就总让人想到逝去的时代，之后时代变迁之后，才有遗风这一说。在这首诗中，遗风就是前世的故事，而前世的故事，其实是和这一世、下一世相同的，只是不断地重复众生的迷惘和茫然。

2. 器官

器官在当今社会已经被用“滥”，因为许多器官在医学上被广泛提到，并无忌讳，所以这个词几乎成为两性隐讳部位的代名词，使一个名词变成了贬义词。

在这首诗中，器官指的是心脏，或者说，是佛心之外的人心，也就是诗人在证悟之前的凡心，和众生一样，容易被色相迷惑，但在诗中，他的那颗凡心已经静静地沉睡在代表纯洁的冰雪之下了。

诗篇二　月下

月下温酒、摔碗、磨飞刀
守夜待兔的人从怀旧到潦倒
没浪费过一个国王
剩下人在他的身旁淡淡地徘徊
而一道伤痕足够他跋涉一生
那么哪一粒粮食能够使他亡命天涯呢

饱尝歌颂的秋菊在众生的喉头枯萎
他感到骨头正在风干
他闭上了眼睛　黑暗中一张面孔藏满了宝石
他摸了摸，然后试探着向前死去

赏析

勇士在月光下，陪着夜色坐守。温一碗酒，再祈福一般摔裂那结实的木碗，一切就像一个誓言，接着，他埋下头，磨着早已锋利的飞刀。

就像那个守株待兔的人，他守着夜色，等待着必定会出现的国王。一个又一个，全都在夜色之下显出身形，怀抱着阴暗的光阴，匆匆走向黑暗的王座。

无论他是感伤还是潦倒，甚至在他闭上眼睛歇息的片刻，都没有错过一个人，权力从眼前经过，留下漆黑如血的足迹。

其余的人，面目模糊，气息淡薄，甚至分不清谁是谁，而谁不是谁。他们淡淡地徘徊在他的身前身后，就像飘忽不定的影子，他不看，他们也不吭声。

留在心上的那一道伤痕，足够他用一生的时间，一步步丈量，凹凸不平的创口，是生命中的山川险阻，翻过一层，又是一层。

他在自己的生命里走着，却没有人知道，能用什么才能让他走出自己，向天涯流浪。金玉、珠宝，或是亿万粮食中的哪一粒？人间烟火，在夜色的掩映下，如此微薄。

菊花开在秋季，当千姿百态的花朵化作果实，只有它在秋风中开放，收获了全世界的歌颂。它开在众生的喉头，用阳光下的坚韧，引诱着他们发出赞颂的声音。

后来，就连菊花也谢了，在众生高歌的喉头，一瓣瓣凋落，比在秋风中还要残败。

勇士的骨头也在阳光下慢慢风干，就像菊花的花瓣，一丝丝抽离，渐渐变得干瘪。

在消亡之前，他闭上了眼睛。在眼帘之下的黑暗中，照见一张清晰的面孔，一如他每月十五那天，曾远眺的望月那样圆满。莲花眼含着微笑，仿佛素白的莲花开在彼岸，满是宝藏，点亮了黑暗。

他缓缓地伸出手，在骨头风干之前，想要摸一摸那些美丽的宝石。接着，他依旧闭着眼睛，试探着向前倒下，将自己融入一片莲花般清净的天光之中。

这首译诗，是一个人的故事，从月下静守到内心跋涉，身边的过客如浮云一般，就连死去，也是黑暗中一个人的事。

这是诗人自己的故事，他怀着一颗勇士的内心，静静地挨过夜色，看着钟情于政治的阴谋家在他面前走过。而其他的人，无论是敌对或是友善，对诗人来说，都没有什么助益，他们只能在他身旁徘徊，身影淡淡，气息也淡淡。

人们都惦念着身外的名与利，只有诗人还记得关照自己的内心，他用一生的时间去体味伤痕，跋涉越艰辛，活的意义越明确。

他的生活无关日常，也不问五谷，欢宴同享乐都与他无关，即使世间的杂念像每年秋季的粮食那么多，也找不到任何一粒，能引诱他放下内心，走向尘世。

诗人将自己比作菊花，在秋天百花肃杀的季节开放，接受人们的赞颂，又在人们的赞颂中，慢慢地失了色彩，慢慢枯萎，就像每一朵花、每一个人一样。

这是诗人精神上的委顿，在越来越令人压抑和绝望的政治冲突中，他那饱满积极的精神，已经慢慢地被政治的寒风吹干，在刺骨的冰冷中，诗人疲惫地闭上眼睛。

虽然残酷的政治和险恶的人心欺辱了他，但是众生为怀的诸佛永远不会抛弃他。

在一片夜的黑暗中，诗人见到了佛祖的面孔，比任何一个国王拥有的宝石都要多。于是，诗人摸了摸，确认了那真实不虚的存在，之后，放松自己，投入佛法之中，得永生庇护。

题外小注

1. 摔碗

说到摔碗，第一个联想到的便是摔碗酒。据说最早是土家族人的传统，喝过酒之后将酒碗摔碎，有冰释前嫌、重归于好之意，也是人们上战场时壮行的一种方法，有些地区，人们还会在过年时喝酒摔碗，以求消除晦气，一年平安。无论摔碗行为是哪种寓意，它都象征了人们豪迈勇武的个性。

在西藏地区，木碗和银碗相对常见，理论上说，这两种碗的材质都是不易碎的。所以，这首译诗中的“摔碗”很可能只是诗人选取的一个比喻，或者只是译者对原文的一种再加工。

2. 死去

虽然诗中明确地描绘了“菊花枯萎”“骨头风干”等枯败意象，但诗中的“死去”，并不是肉体的死去，甚至也不是精神上的。在黑暗中向前倒下的，是那张“藏满宝石的面孔”，也就是说诗人是将精神投入在其中，换一个在佛法中安详的自己。

诗篇三　玉碎瓦全

一旦有人在初三的深夜玉碎
更多的人便会在十五的深夜瓦全
圆融无碍的月亮
藏匿了尘世间所有的声音
众人往往被一个人削弱
又被首领在情急之下措手不及
由梦中飞出的乌鸦便没了分寸
迫使奴隶随处犯错
为广泛的少女留下污点
我策马巡视人间
与英雄们约定来生起义

赏析

月亮圆了又缺，仿佛是无常的世事，喜怒无端。世间满是牺牲与苟且，人与人之间隔着一张脸，便隔了整个人生。

初三的新月如弯刀的利刃，划伤夜幕，昏暗了星光，有人就在这残缺的昏暗中，选择了玉碎般的牺牲。紧接着，消息走遍众人的耳目，肆意恐吓，将太多人变成了懦夫。

他们看着月亮尖刻的面容渐渐饱满，渐渐地，变得和蔼。又到了月圆的日子。

于是更多的人，那些变成懦夫的人，在十五明亮的月色下，选择了瓦全。昏暗的夜色不再，惨淡的牺牲不复，人们的心事，如十五的月亮一样圆满。

而那圆圆的月，散发着溶溶的银光，撒下沉默的轻纱，将世间所有的声音一并收拢。就此，牺牲的热血和屈服的沉默一起，没了声响。

只要有政权，就会存在剥削，而这剥削，总是一个人对许多人的。在每个一如往常的日子里，众人从财产到精神，都在遭受着剥削。勇者不受摆布，但玉碎的人早已化为骸骨，而选择了瓦全的人却大有人在，任人宰割。

当纷乱迭起，首领一声令下，这些平日里被剥削的人，又要措手不及地排好队伍，准备应付莫名的灾难。那些灾难，不因他们而起，也不为他们而灭，一切都像是一场木偶游戏，得意者高高在上，而失败者，永远都是大多数。

世间终于乱作一团，因为气节高尚宁愿玉碎的人已碎，而剩下的除了剥削者便是贪生怕死的瓦片军队。

乌鸦从梦中飞出，失了预言家的本领，随处乱撞，到处散布错误的信息，致使盲目的奴隶四下奔忙，拨乱了少女的发辫，将她们一个个推向蒙尘的境地。

这便是人间，不怕死的逝去了，怕死的留下了，有用的逝去，无用的苟活，一个人剥削千万人，千万人却还要为他奔波。所有的好与不好都颠倒了，连乌鸦也跟着昏了头，制造着一起起不堪入目的悲剧。

而诗人骑上马，到人间巡视，寻找一线希望。尘埃萧索，在月色变换的阴影中，散落着一个个英雄的灵魂，他们向他致敬，而他俯下身子，与他们约定，来生起义。

整首诗都是世风日下的画面，一切都令人绝望，人间的天空，只有脸色阴晴不定的月亮，就像首领的心情。可以想象得到，那种暗无天日、河水倒流、生灵呜咽的景象，众人的生命只是一个玩笑，任人剥削后，再善加利用。

奴隶本该是最不自由的，却随处乱走，少女本该是洁净无瑕的，却沾了污点，到底谁才是罪魁祸首，牺牲的和苟活的，谁更应该被指责？

诗人走向人间，却已经无力救赎，他只能唤起那些英勇的亡灵，与他们将约定写在来生，到来生去，他们一起在十五的月色下玉碎，在初三的昏暗中，撕裂着阴魂不散的人间。

这首译诗风格沉重，诗人的情绪也是昏暗无光的。不过，这首诗出现在于道泉先生和曾缄先生的译本中时，灰暗的情绪便不那么明显，甚至连诗的寓意都产生了变化，而且，与这首译诗内容相近的，于道泉先生和曾缄先生的译本中，各有两首。

于道泉先生译诗其三十九：“初六和十五的明月，到（倒）是有些相似；明月中的兔儿，寿命却消磨尽了。”其四十二：“初三的明月发白，它已尽了发白的能事，请你对我发一个，和十五日的夜色一样的誓约。”

曾缄先生译诗其四十一：“弦望相看各有期，本来一体异盈亏。腹中顾兔消磨尽，始是清光饱满时。”其四十四：“新月才看一线明，气吞碧落便横行。初三自诩清光满，十五何来皓魄盈？”

在于道泉先生的译诗其三十九中，多少还能寻到灰暗情绪的影子。初六和十五的月亮，都是月亮，虽然圆缺变化，但再怎么看，也还是有些相似的，只是那睡在月中的兔子，用自己填满了月的空缺，将原本美好的寿命消磨得空空如也。

兔子的性情温顺胆怯，可以引申理解为恭顺、谦卑，也就是说，随着月亮从缺到满，之前的谦虚尽失，只剩下志得意满的一个圆盘。

在于道泉先生的译诗中，明月与兔子的含义和指向是相对模糊的，但是到了曾缄先生的译诗其四十一中，这一对意象就变得非常明确：兔子磨尽，清光始来。

由此看来，兔子在这首诗中的寓意并不那么美好，它恭顺、谦卑形象的背后，是诗人在暗喻卑躬屈膝、趋炎附势的小人。

在曾缄先生的译诗中，弦为每月初六弦月，望乃十五圆月，而圆月，总会让人联想起圆满，甚至是更多人的“瓦全”。

再看于道泉先生的译诗其四十二，初三、十五的月亮，与马辉先生的这首译诗完全贴合，玉碎是为“尽了发白的能事”，而十五的夜色是明亮、圆满或是寂静，于道泉先生却没有在翻译的再加工过程中给出解释，于是这个誓约到底是如望月一样圆满美好，或是像瓦全一样徒有表面的圆满，内里残败，就不得而知了。

反而是曾缄先生译诗其四十四中，关于月的变化和寓意显得更有主观色彩，虽然这种主观可能是译者理解并抒发的，但它们确实是明确无误的。

曾缄先生的译诗，按照惯常的解释，是讥讽小人得志的，译诗的大体意思如下：弯弯的新月才一线的宽度，就想在天上横行霸道起来，才刚刚初三，月牙连一指的宽度都没有，便强撑着面子，硬要说自己光辉满庭，现在就这样透支，到了十五那天，还会有一副圆满的魂魄吗？

虽然曾缄先生的这首译诗并非与于道泉先生的译诗其第三十九对应，但“皓魄”却总让人禁不住联想起诗中的“兔儿”，由此看来，于道泉先生和曾缄先生的四首译诗之间是相近相通的，但与马辉先生的这首译诗相比，蕴藏的意味却淡了很多。

都是月亮，都是初三和十五的圆缺不同，除了这些，五首译诗中还有一些意象相关联。

依然是“皓魄”，从字面上看，这个词象征着纯洁，很容易联想到马辉先生译诗中的“少女”。少女有了污点，就像月亮失去了“皓魄”，明月中住进“兔儿”。

不过，这只是一种通过字面意思联想的简单对比，事实上，与“皓魄”对应的，应该是“玉碎”的“英雄”，他们才是月上长留的“清光”，世间真正明亮的“皓魄”。也正因为如此，诗人才会策马在悲惨的人间走上一遭，去寻找他们失落的魂魄。

除此意象之外，在这五首译诗中，再也找不出更为相似的意象或是情绪了，很难相信，由于译者各自的理解不同，一首诗歌转译过来，竟能产生如此大的差别。

题外小注

1. 乌鸦

从古至今，乌鸦都被赋予特殊的意义，灾难、灵异，或者干脆就代表了死亡，这可能与它沙哑的叫声、漆黑的羽毛以及时常活动的区域有关。在西藏，乌鸦被视为一种非常有灵性的鸟类，通过观察乌鸦的举动、倾听它们的叫声，可以预测天气、疾病、运势等很多方面。

正是因为乌鸦的这个特点，这首诗中从梦中飞出的乌鸦，才会对人间起到影响作用。

2. 奴隶

西藏的奴隶制度一度是民主人士抨击的对象，这种黑暗残酷的制度，以奴隶对奴隶主的依附关系为基础，是建立在封建土地所有制上的一种奴役关系。奴隶制最初始于 10 世纪，后期发展并普及，这种不平等的制度一直延续到建国之后，直到 1959 年西藏民主改革运动时才被废除。

奴隶制最根本的核心观念是：奴隶是属于奴隶主的私人财产。奴隶并不是人，而是物品，或者说是一种附属品，在奴隶主看来，奴隶是不需要有思想有主观的，可以随意处置。

另外需要注意的是，即使是西藏的寺院，也拥有土地和大量奴隶，这些奴隶被用于耕种和建造，在桑结嘉措执政期间，大量奴隶被征集，投入了扩建布达拉宫的浩大工程中。

奴隶在西藏不仅地位低下，甚至性命堪忧，但他们却是人数最多、分布最广的群体，是构成西藏社会的主要阶级。

诗篇四　衣钵

无人继承衣钵

道德越发昂贵

端出一张被暗算的脸

礼仪与雪山

茶杯中的风声与牛骨上迅速融解的神话

说吧，道理比泼妇的号叫还简单

去拉萨观人观俗

忽然掌握一脉血缘

芸芸众生中我又不是谁呢

工匠整天叮叮当当地封建

那么多人都成了精

一回家就炉火纯青

人情遍地流淌

很多时候，很多人都会走错门认错人

并且错认自己后代——

在父母面前人人都是过客

手一握，掌中都是针

赏析

又是一次世风日下的社会写照，每一次，诗人都能用平静的心情去写满眼的哀痛，也正是因为他的这份平静，才显得眼前的画面越发沉重悲怆。

已经没有人再肯站出来，肩负重任，继承衣钵，道义固然崇高，品德一贯美好，现在，却因为稀少而日益昂贵。

好的品行无人继承，坏的事物却无须继承，暗算比一餐饭食还要常见。那本该捧着衣钵的双手，从虚伪的胸怀中，端出一张被暗算的脸。

他的脸上有礼仪留下的风度，仿佛高远的雪山，记录着每个有风日子里的茶杯轻荡。如今，这些美好的过往，就像老到失忆的传说，神话在牛骨的饰物上融解，慢慢地，也终将不见踪影。

人们总在推辞，说道理太过高深精妙，难以研习，谁又能心悦诚服地承认，道理并不高高在上，它甚至比泼妇的号叫还要简单直白，就摆在每个人眼前，只是没有人去看上一眼。

拉萨的行人遍地，旅人满巷，习俗想必也是各异。于是这座偌大的城，便有了红男绿女，以及他们身后颜色各异的故事。但诗人只消看上一眼便清楚地发现，满街人影，都是一脉血缘，红色、绿色，白皙、黝黑，高矮、胖瘦，又有何关系？

芸芸众生同根而出，心性无差，我是你，你是我，也是他，所有人都是一样，诗人是众生，众生也是诗人，他是他们中的任何一个。

封建的世界，就像炽热的熔炉，任何人进去走上一圈，都要换个形态，再被名叫苦难的工匠叮叮当当地重新铸造。

地狱的烈焰，带来堕落的灼痕，天堂的光芒，留下圣洁的刻印，有人偷了工匠的手艺，苦练成自己的本领，一回家，便关上门，用最纯净的火焰，将自己的心性修炼。他们精妙的手法，竟不逊于数百年来手执大锤的工匠们。

还有更多的人，引着世俗的火光在炉底点燃，煅烧名利，烈火熊熊，人情像熔化的铁水，在地上尽情流淌，一沾身，便是腐蚀入骨，一生疤痕。

拉萨的人情世故，也就是这样了，其实除了布达拉宫脚下的拉萨城，又有哪里不是这样的呢？

人与人之间长得太像，人心与人心如出一辙，都烙印着人情的伤疤，不再有人出类拔萃。就像再没有人继承衣钵，太多美德流失，众生成了身披铸铁外衣的空壳，有坚硬的表面和空虚的内心。

于是，每个人都一样了，很多时候，他们走错了门，认错了人，到处都是和他们自己相似的人，他们甚至要认错自己的后代。

这些终将远走高飞的后代，哪一个不是父母面前的过客？谁能得到呵护，谁又能反哺其爱？在人情颠倒翻覆、沧海横流的年代，谁都不是谁的必需。

家风无须继承，也不会有人继承，人与人之间的礼仪与诚挚，被伪善与暗算替代。

只要轻轻地将手一握，就刺痛万状，因为，每个人的掌中，都竖满长针。

这首译诗，是诗人对周围环境的深切体验，衣钵和道德相辅相成，却无人继承，礼仪和品茶之心被摒弃，虽然道理人人都懂，可是却无人问津。

这是他在高高的布达拉宫中体察到的，吹过雪山的风变了味道，牛骨也褪去了神圣的光环，再没有什么是值得人们崇敬的了。人们宁可在泼妇的号叫声中瑟瑟发抖，也不会在至纯的道理下心甘情愿地俯首。

接下来，便是拉萨的尘嚣，或者说，是千百个城镇共有的悲哀。人们麻木而相似，拼命炼造冷暖人情，想借其一用，却成功地迷失了自己，也弄丢了后代。再没有希望，只能一代一代浑浑噩噩地活下去。

而诗人却痛了，每一眼，每个人，都成了他掌中的针，想要用力，便是十指连心的刺痛。

题外小注

1. 牛骨

这里的牛骨是指牦牛骨。牦牛在西藏分布很广，牧民们饮其奶食其肉，更用牛骨制成各种各样的饰品，人们相信，佩戴牛骨饰品可以起到辟邪的作用。

关于牛的西藏神话，能查到的并不多，但有一则比较著名。

在藏族民歌中，神山念青唐古拉雪峰和圣湖纳木错是一对恋人，也有传说称其是夫妻关系。念青唐古拉山神虽然地位崇高，但西部大胆的达尔果雪山经常到他的领地偷袭马群，于是山神找来一名叫作扎古恶脸的赞神[①]，让他替自己讨伐达尔果，并许诺如果战胜，可以满足扎古恶脸一个愿望。

交战之后，扎古恶脸获胜，夺回了马群，向山神提出要和纳木错过一夜。山神答应了。

之后的一天，纳木错神女化成人形出现，按照神仙的习惯与扎古恶脸欢会，并约定第二年的三月十五日，当月亮升起，扎古恶脸就可以到湖边来认领他的孩子，但是不许他带弓箭。

到了约定的日子，扎古恶脸便出门了。虽然神女不许他带弓箭，但他一向以狩猎为生，犹豫了一下最终还是带上弓箭出发了。

扎古恶脸来到湖边时，发现一头野生母牛和一头牛犊站在一起。扎古恶脸见到野牛，实在忍不住诱惑，一箭射过去，却正好射中了刚出生的小牛，而这头小牛，正是他的儿子。

2. 炉火纯青

顾名思义，是指炉火烧成纯粹的青蓝色。炉火纯青的原意是指道士在炼丹时，能将炉火烧成明净的青蓝色，便是炼丹成功。后来，其含义延展到形容技艺、学问或修养上，指人或事已经达到一种完美纯熟的境界。在这首译诗中，炉火纯青便是指人们精通了炼化人情的方法。

①赞神：根据西藏的传说，赞神是人死后变成的。这些人因为临终时有未了的愿望或仇恨，会投身在特殊的“赞”界，成为赞神。赞神是当地民间宗教中比较特殊的鬼神。

诗篇五　享用不完的山水

一生都享用不完的山水
该由谁来参悟
浪子的路线总是迫在眉睫
未及反应的谋士精于嫌疑
却无法从刀柄上谋得私利
谁坐江山谁就失恋
你来我往的过程美女迎风烂醉
她们体育儿女
一遇空闲就用十指搬弄是非
当她们妥协于热烈的肉欲
远方 为她们祈福的男人正在一丝一毫地死去

赏析

世间山水迢迢，四时变化万千，渺远地静立，浩瀚地奔流。一个人，无论是行走，或是神游，耗尽一生也享用不完，那么，又有谁能真的参透?

以眼观山，只可见其一面，以手问水，瞬息便流向下游。人的一生不那么长，山水却存在了万年，就算看遍它们的模样，也永远追不上它们的回忆，参不透它们藏在时光中的心神。

浪子循着山水，在世外游荡，漫无目的，要走的路都在脚下，预计的路线就在眼前，迫切地呼唤着他前行。他不需要计划，也无须目的地，每一步，都是他的路线，每一步，都是他的生活，他就像山水落于世上，忘却时间。

而心思缜密的谋士，就算措手不及无暇反应，也会拿出他多年来勤于磨砺的智谋，在短暂的时间里拼命多疑。可是，再精通的谋略，也不能让他从嗜血的刀中获得利益，谋士的双手无法承受染满鲜血的战果，刀锋负责掠夺和杀戮，而他只管运筹帷幄，一指不动。

即使这些人看上去永远是那样不走运，他们也比统治者幸运得多。谁坐了江山，谁戴上那顶沉重的名号，谁就必将一无所有。

曾经有过的，一一放下，梦中所求的，一一落空。他已不再是他，而他又能是谁？他是统治者，是至高无上的代名词，却失去他所有的、珍视的、等待的、盼望的，他比任何一个失恋的人还要彻底，他成了这世间，唯一一个失了自己的人。

失恋的咸涩和绝望纷至沓来，明明没有过恋人，也依然体会着失恋的苦果。拥有了世间的权力，却失掉了整个尘世。高高在上，就此无关，在走向王座的路上，他让曾经的自己，匍匐于脚下，用自己的全部，成为另一个人。

而尘世的纷乱并未停止，仿佛为了弥补，在失恋者的座下，有无数美女迎风高歌，她们喝得烂醉，笑容比任何爱情都要热烈。

是非惯于活在人们的唇齿间，此刻，却在她们手中跳跃，她们欢喜着，用最拿手的技巧去演绎。一不小心，是非便落在地上，任她们用行动去诠释。

摆弄得累了，她们坐下来，沉浸在一片醉后的欢愉之中，热烈的肉欲乘着酒气袭来，熏得女子们纷纷妥协。

而远方的山水间，那个全心全意为她们祈福的男人，诵念声越来越低，越来越慢，他正在一点点衰老，一点点死去，而之前始终笼罩在女子身上的光芒，也渐渐地淡了下去，终于，在一片酒色之中，化为乌有。

这首诗，从天高地阔无始无终，写到漂泊自在的浪子，再到王座上备受拘谨的统治者，这是诗人内心世界的写照。最初空旷高远的精神，被禁锢在江山的责任之中，从自在安详，到忧愁抑郁。

而诗中的女子，从酒，到是非，最后到沾满肉欲，从平常到放纵，正是世间的堕落景象。诗人的力量在衰微，他的精神都空耗在王座之上，再无力为众生祈福，于是众生便在无尽的诱惑中，踊跃地下堕。

诗中的女子越是热烈，诗人的心情越是黯淡，在其位却不能谋其政，思欲远而身陷高墙。面对尘世的纵情狂欢，诗人无能为力，那正在一丝一毫死去的，不是他的身，不是他的人，而是他悲悯众生的心。

题外小注

1. 美女

美女在修行者眼中，是相当危险的“物种”，尤其是沾染了酒色的美女，在这首译诗中，美女作为一种危险的、堕落的形象出现，并非只是单纯地指女性。在政治关系复杂的西藏上层社会，诗人身边有很多危险的“谋士”和政治家，在争夺利益的道路上，他们和诗中的女人一样，抛下修行之道，从酒色到肉欲，从阴谋到虐杀，不断落入更加黑暗的深渊。

2. 体育儿女

在这首译诗中，“体育儿女”是“美女”的延展词，用于修饰“美女”们的特征。

毋庸置疑，“体育”是一个新鲜词汇，它的出现，应该是译者再加工后的结果。体育儿女的含义接近“行动主义者”一类词语，也就是说，这些习惯于行动的“美女”，不满足于用口舌搬弄是非，而是要将人与人之间的是非争执，变成更为现实的斗争。按照上文对“美女”形象的归结，“体育儿女”一词，指的就是玩弄权术之人。

诗篇六　有人

有人在一场华丽的病痛中继续伤风
有人向着落日的余晖迫切追悔
常常是不常常
不常常是常常
诞生
死亡
轮回以外的残山剩水无人收拾
我一着急
众生就跟着上火
我只好站在法门旁
用诗句和梵歌为他们清热
然后我毫无保留地被一朵莲花接受

赏析

人生而入世，世事凶恶无端，颠倒无常，一步一苦，一生一叹，同样是活着的痛苦，到底是身体的病痛可怕，还是心灵的创痛可怕?

没有人解答，诗人看破万相，无疾无苦，而众生来过一世，寂寥一生，冷暖皆是自知，却从来不懂自省。

有的人在病痛中沉沦，沉疴新寒，衰弱的身躯，却是疾病的盛宴。那宴席太过铺张，就是一场伤风，也能为它锦上添花。病中之人，辗转无望，总在哀叹生不如死，恐怕他们最大的愿望，便是若能无病，宁可无心。

有的人身体健康，生龙活虎，却用一身的力气去追赶落日。那西下的太阳，还残留着最后的一丝温暖，而心上已满是悔恨的烂疮，夜夜肆虐，教人入夜不眠，终日不欢。他们在每个落日的黄昏大声忏悔，长跪的膝头磕磕绊绊。他们夜夜祈求，若令心神安泰，宁愿身体受苦，纵死不辞。

为何世上之人如此苦痛，人人怀抱着自己厌弃的，翘盼那些他不曾有的，谁能参透无常，谁便放下了苦难。

那些看似惯常的，转瞬之间，便是意外，而那些意料之外的，又哪一个不是惯常？

从诞生，到死亡，无常便是一种有常，有常的却总是无常。没人关心周围的人或事，在一次次奔忙的轮回中，太多人疲于重负，无数过往被人舍弃。

它们从时光的夹缝中飞出，落成一道道残山剩水，无人认领，更无人收拾，任其堆成尘埃，无从分辨。

诗人观于众生的业果，蒙昧的众生读不懂轮回，只能小心地观察他的神情，想要窥见生命的一丝真谛，他一着急，众生就跟着心惊肉跳，惶惶不可终日，匆匆忙忙地胡作非为。

于是诗人叹息一声，走向无上法门。他立在门旁，念诵禅静的诗句，吟唱度厄的梵歌，仿佛清风洗尘，流水漱云，众生无序的燥热被诗人轻轻拂去，众生复诵着禅境的诗句，追随着度厄的梵歌，被诗人引领，走向万千法门，修得无上正果。

而诗人，却还站在法门旁，身处尘世之中，心游天地之外，从浮云之上，俯瞰众生。

接着，一朵莲花悄然盛开，清幽的花瓣伸展，仿佛挥动的玉手，立在法门之外，欲济无舟的诗人，被清甜的莲香毫无保留地接纳，在诸佛的笑容之间，自见佛性。

这是一首指向明确的佛法诗，清淡隽永，韵味悠长，没有风景，没有渲染，一切平铺直叙，亲切真实。诗的最后一段，意境尤为高妙，用最直观的证果画面，展现了佛语中“度人即是度已”的禅修寓意。

人世间的苦乐，是因为世事无常。世人无法体会这种无常，更无法从无常中跳脱，所以才会生出万般烦恼。

虽然每个人都拥有对方渴求的东西，却没有一个人称心，身体痛苦或是心灵痛苦，一样能将人折磨得不堪重负，只有悟得无常，才能最终得解。

而轮回的路上，一切都那么随意，随意丢弃，随意来回，只有诗人看破因果，不仅仅是他自己的，更是众生的。

于是，他肩负起以一已之力普度众生的责任，即便政治的狼烟四起，将诗人的眼睛熏得酸疼，喉咙呛得沙哑，他也依旧守在法门旁，召唤众生求得超度。

有罪之人不得解脱，无罪之人可得超度，而度尽众生的诗人，在诗句和经文的念诵声中，在梵歌与燃香的缭绕中，花开见性，立地成佛。在这个比风花雪月还要美好的画面中，诗人的圆满，毫无保留。

题外小注

1．常常与不常常

“常常”和“不常常”，说的便是无常。

这首译诗中关于“常常”和“不常常”的两句，简单地说，意思就是“我们看到的惯常情态，其实是无常的，只因持续的时间稍长，被误认为是‘常’的存在。而世事的‘无常’，才是天地间真正长久长存常常在的”。

2．残山剩水

“残山剩水”一词，是一种极富主观倾向的写法，或者说是译法。山水本无情，相比人的寿命来说，更是无始无休，它们静止于世外，万年不变，而众生在轮回的巨轮下疲于奔命，山水自然被剩到了轮回之外，无人问津，成为人们眼中的“残山剩水”。

诗篇七　圣鸟

圣鸟迅猛地追逐着我刚刚说出的一句话
冰雪渐厚，世情渐薄
红尘中到处都是无辜的爱
男女老少连夜在自己的内心遇难
人们不知道心中无事才是最要紧的事
致使一阵邪风就能吹歪他们的本性
在轮回的路上
人人都将自食其果
而最后那一刻
一句谎言就能留住他们的私心

赏析

言语的力量，可达天际，也可奔向地狱，在漫无边际的天地之间，除了风，只有它们走得最远。而那些能携着灵魂冲击天际的圣鸟，现在正大力地拍打着它们的宽幅翅膀，追逐着诗人说过的话。

仿佛寒冬再次降临，冰雪从雪山之巅滑下，一层层堆积，渐渐变厚，而世间的温情，却随着寒意，一点点衰弱，不断变薄，人的心，也跟着冷了一冷。

红尘中，满是被辜负的爱，爱对了的，爱错了的，一样无辜，一样被世情辜负。

无论男女老少，一夜之间，便被自己的内心伤得体无完肤。人们奔忙在一张张面孔之间，为各种事忙碌，却没有人知道，保持心中无事，才是这世上最要紧的事。

可是，没有人关照自己内心，任由它被烦琐的世事纠缠，于是，只要轻飘飘的一阵邪风吹来，人们便把持不住，纷纷迷失本性。

诗人无力挽众生于狂澜，却清楚而残忍地看到，在轮回的道路上，所有人都将收获自己的果报，无论好与坏，自食其果。

而到了最后那一刻，死的谎言，将再次唤醒他们的私心，所有人，都渴望着在轮回的路上重新开始，但前世的业果，却是谎言背后的真相，一路紧紧相随。

这首诗完整而真实，它涵盖了一个人的一生困扰，是为完整，它将佛经的信条生动地展示，是为真实。

小小的世界，匆匆的众生，每一帧都是一幅精致的画面，而它们最终连贯起来，讲述着人间的悲苦由来，以及众生在轮回道路上的落魄结局。

众生无法做到心中无事，他们每天都在为那些不必要的事忙碌操心，于是，他们的内心变得越来越脆弱，终于在世情的冰冷和邪魅之下，乱了心性，迷失了自己，也迷失了通往超然的道路。

对诗人来说，最令人叹息的，并非是眼前这一切，而是这些众生的轮回之路。他们在心内装了太多私念，只会让他们无尽痛苦，而这种痛苦，以及沾染了邪风的本性，都将成为轮回路上的苦果，随着众生步入轮回，在下一世中，等着他们重新寻觅解脱之法。

于是，当死期降临，人们开始变得惶恐，任何可能让他们得到救赎的谎话，都会令他们拜服。所有人都在盼望下一世过得好些，他们捧出自己的全部私心，交换最后一刻那万分之一的可能。

这是诗人眼中的众生，也是诗人眼中世间的悲苦，诗人没有这样的烦恼，却怀着与诸佛一样的心怀，对众生的体验感同身受。诗中并没有提到自己，但每一行诗中，满满的都是诗人对众生的关注、关切与关怀。

题外小注

1．圣鸟

圣鸟，指的是藏族人天葬时的“天鹰”，也就是兀鹫，还有研究者认为，这种圣鸟可能是一种俗称“狗头雕”的鹰类。关于天葬中圣鸟的作用和象征，在第二辑《诗篇十 雄鹰飞剩下的天》的小注中简要地提到过。

圣鸟本就是携带灵魂升空的载体，是天地间对灵魂最为关注的生物。在这首译诗中，圣鸟之所以追逐诗人的话，是因为诗人说出了救赎灵魂的方法，引起圣鸟的注意。

2．自食其果

这是佛家观念中“果报”的现代说法，之所以称其现代，是因为这一词来自茅盾先生为萧红的小说《呼兰河传》所写的序言中，但自食其果背后的含义，却是多年已有。

现在，这个词语多用于描述人做了坏事而受到惩罚，但单论其“果”字，未必就一定是恶的。在因果报应的观念中，善念得善果报，恶念得恶果报，什么因便得什么果，这便是这首译诗中“自食其果”的含义，虽然是译者再创造的成果，却与诗境相吻合，简单易懂。

诗篇八　这么静

这么静
比诵经声
还静
我骑上我的白鹿
白鹿踏着
尚未落地的雪花
轻如幻影
本来是去远山拾梦
却惊醒了
梦中的你

赏析

极美的一首诗，字眼、词句，甚至是读诵时呼吸的停顿、换行的位置，都那么美妙，散发着优雅的古典芬芳。

分不清日夜，也许，夜色中才会有如此梦幻的场景。

这么静，是有多么静？万物、流云、清风，连呼吸和心跳都莫名地静了下来，一切都缓慢而安详，比诵经时的禅静还要静谧。

在这静心的世界里，诗人跨上那匹神圣的白鹿。这时，天又下起雪来。

白鹿伸出它雪白的蹄子，奔向空中，那落了一地的雪花，是它驮着诗人时踏落的。一步步，踩在轻灵飘荡的雪花上，一步一朵，如佛生莲花一般开放。

他们像梦中的幻影一样轻，缥缈得仿佛雪中的精灵，奔向远远的高山。

远山静立天边，就像无声的护卫者，守护着山下最纯净的美梦。

在一片祥和中，诗人兀自轻诉。本来，是想在这片寂静中捡拾一个好梦，却不小心，摇动了梦境。

梦中的人，猛地惊醒，张开了静如夜空的双眼。那眼中，有着梦境的余温、诗人的身影，还有那雪中的一片洁白，隐隐的，似鹿非鹿，正在纷纷的落雪之上徘徊。

这是一场心灵的旅程，在夜色中，或者说，是在无人知晓的空心中。雪落时分，踏着飞舞在空中的雪花，蹄声安稳，诗人的呼吸轻盈，一切都像是一场洁白的好梦。而梦里，他在寻着另一个梦，藏在遥远的山麓之间，无人打扰，安然沉睡的梦。

这首诗是诗人的梦幻和梦想，而他寻找的那个梦，才是潜意识中最想获求的，那是珍藏在回忆中的美好，是离诗人最远的好时光。

那么，让诗人像远山那样眺望的是什么呢？只有在他心神安宁时才会出现的美好景象，对他来说渺远如远山梦境的追求，是他长久以来未曾体会过的自由。

这样一种自由，并不是简单地抛下经文、抛下身后的布达拉宫，走向世界的浪子自由。诗人清楚地知道自己肩负的使命，也深知自己的存在，对政治有多么重大的影响，他不会，也从未想过要只身浪游天地，他所求的，也不过是在政治的巨浪惊涛中，留一份掌舵的自在。

但是，即使是这样的愿望，也依旧是无法实现的。

在桑结嘉措苦苦支撑的政局中，不光是诗人，就连桑结嘉措自己，也在身不由己。

诗人渴望的一切，只能在梦的雪景中寻觅，而当他终于一探远山，在缥缈的落雪中，握住那片冰晶般美好的梦境，那个甜睡在梦境里自由自在的他，忽然睁开眼睛，看向身外这个寻梦的他。

之后，他成了他，自由不再，自在无端，梦境纷纷扬扬，一片片坍塌碎裂，瞬间化为雪花纷落，而立在身后的白鹿，也融入了漫天大雪，再无用武之地。

题外小注

1．比诵经声还静

译诗中的这一句，禅意甚浓。按照一般的理解，诵经需出声，出声又怎能称为静？但正是诵经的声响，才能让人真正体会到心神从内向外的宁静。所以，在诵经声中，人的内心是极度安泰清静的。而比诵经声还要静的，是诗人禅心中生出的梦，是一种带着寓言意味的、更深层次的、趋向于禅境的梦境。

2．白鹿

在古代，许多白色的稀有动物都被视为神圣，比如白鹿、白乌鸦等等。按照科学的说法，一些毛色较暗的生物，可能因为基因变异而成为稀缺的白色物种。因为罕见，所以被人认为神圣，通常人们相信，这种神圣的白色生物，哪怕只是看到一眼，也会给人类带来好运。

鹿在地球上的分布比较广，生性也相对温和，所以被人们发现的几率也比其他动物大一些。世界各地都有关于白鹿的传说流传，不过西藏地区关于白鹿的传说却很少见，只有在蒙古地区流传着关于苍狼和白鹿的故事。

诗篇九　夕阳印证

夕阳印证着雪山无我的智慧
爱情与梵心同样白得耀眼
离别后，晚风依然珍藏着她的誓言
誓言中的青草早已枯黄
没有什么远近之分
世上最远的也远不过隔世之爱
再近也近不过自己与自己相邻
此时，远处隐隐传来琵琶声
那是她弹的
却不是为我弹的

赏析

离别与听闻，最远与最近的距离，人世间，活着便是为了看一世的尘埃散漫。

雪山静立在夕阳之下，被暮色染上红晕，洁白的光芒，变得柔和而真切，那是冰玉润泽的彻悟，是关于无我与无物的智慧。都说情迷心智，但最真挚的感情，却能像梵心一样，落成高耸山巅最耀眼的雪色，伴着千年的光阴，日日看夕阳西下，温暖天地。

离别的笙歌早已随风而逝，挥手过后，背影与背影之间，早已万水千山，但夜晚慵懒的风，却还将过去小心珍藏，它吹拂在脸上，就像她曾经的誓言，被晚风带走，再被晚风吹送。

而誓言中曾经鲜明的青草，却早已枯黄一地，从婉转到脆裂，最后，暗淡无踪，就像她的声响，天地间再不复回荡。

这世上，从来也没有最远和最近的区别，一切自在人心。再远的距离，也远不过这一生与那一世的相隔，再近的距离，也近不过自己与自己的相伴，将一切过往都小心地放在心里，便是最近的距离。

而伴着夕阳坠落后的晚风，远处隐隐地传来琵琶声，声声悦耳，缥缈清远，仿佛妙音天女降临尘世。

无须闭目细听，便知道这一曲是她在弹奏。那乐声携着回忆，从诗人的前世奔腾而来，注满了今生的心神。

可是，他们已经远隔生世轮回，这一世的她，却不是在为他弹奏，这一世的她，现在又在世上的哪个角落，看着渺远的雪山之巅，数着夕阳下最后的一片金色。

好一首情诗，也许有人又要说，这是不是一首写给情人，或者说是已逝情人的诗呢？

很可惜，好像也不是。

虽然诗中有“爱情”，有“誓言”，有“她”，还有“隔世之爱”，将这首诗的含意，推向了一场“穿越时空的爱恋”，但单从诗的表层意思就确定作诗的本意，未免过于草率。

如果将这里的“她”解成是桑结嘉措呢？

在诗人扑朔迷离的生平中，有一个人非常重要，他就是阿旺多尔济。他是出生在阿拉善的第一位转世活佛，更重要的是，此人写下了一部《仓央嘉措传》，补写了诗人从青海湖畔销声匿迹之后的行迹。

据说，诗人当年并未亡故，而是逃走了。当诗人行到阿拉善地区时，听到阿旺多尔济的哭声。凭着声音，诗人认出他是桑结嘉措的转世，于是收他为弟子。

将这段无法求证的历史写在这里，并不是要分析诗人的最终去向，而是从这段故事中我们可以看出，第巴桑结嘉措虽然不是达赖，也不是班禅，但他还是会转世。

也就是说，在这首诗中，与诗人有“隔世之爱”的对象，是可以解作桑结嘉措的。

那么，诗人对于自己的老师桑结嘉措，又是怎样的一种痛苦思念呢？

每一天，布达拉宫内，他们在同一时间，看着夕阳落下，雪山灿烂，他们之间的深厚感情，就像年轻男女之间的爱情那般诚挚纯粹。在梵心与禅境之中，两人捧出的真知，和山顶上的积雪一样白得耀眼，散发着修行的智慧之光。

之后，便是突如其来的离别，战争、忍让、杀戮、牺牲，过去的不再被人纪念，只有晚风和诗人一起，将他说过的话牢记于心。而桑结嘉措那曾经鲜活的生命，已经随着秋草，在瑟瑟寒霜中枯萎。

桑结嘉措逝去后，诗人的眼中和心中，再没有什么远和近，世界上再远的距离，也比不过他们两人，而他又是那么近，一直住在诗人的记忆中，就像另一个自己，时刻相伴左右。

想必，诗人也是知道桑结嘉措会转世的，所以才会有“隔世”的说法。

远远的，在某个可闻不可见的地方，下一世的桑结嘉措依然说着、谈着、生活着，可他和诗人，却像是隔世相见不相识的恋人，周围的一切都与诗人再无关联。

这一世的桑结嘉措，不会再为诗人指点迷津，不会再为他奏响空灵的禅音，他们之间的过往，也早已零落在苍茫的轮回路上，只剩下诗人怀揣回忆，形单影只踽踽独行，飘摇在政治的风口浪尖上。

既已隔世，何必有人念念不忘，这样相闻不相望的伤感，在诗人眼中，在这首诗中，完完整整地走了出来，踏成一片哀伤的诗句。

题外小注

1. 隔世

隔世的本意是时代相隔，不在同一个时代。最常见的词便是“恍如隔世”，只不过，这个词语多用于描述一个人大梦一场，或是时间久远再回忆起时那种物是人非的感觉。

在这首诗中，“隔世”是真实的体验。因为达赖是有自己的轮回体系的，诗人完全可以理解并体会一次次的轮回和转世。只不过，对于他和桑结嘉措而言，这一次转世，便将两人的生命彻底分隔开了。

2. 琵琶与天女

在这首译诗中，出现了琵琶声。虽然诗中没有提及天女，但赏析中出现的妙音天女，却是印度教和佛教中非常重要的一位本尊，更被藏族奉为赐予智慧的女神。

传说远古时代，微风吹过南海时，海中的水草和鱼虾会发出动听的乐音，后来这些声音合为一体化为仙女，便是妙音天女。

妙音天女的塑像呈弹奏琵琶状，在佛教与印度教中，妙音天女除了琵琶上有些许不同外，几乎没有差别。而且，妙音天女是梵文的本尊，在印度和西藏地区，学习梵文的人大多会修此法门，以便学习顺利。

除了智慧、梵文，妙音天女还是文艺天分的本尊，学习或从事文学、艺术、书法、音乐等信众，都会修此法门。而大乘佛教吸收天女的形象，将她作为文殊菩萨[①]的智慧显现。

在这首译诗中，用天女美妙的琵琶声，比喻桑结嘉措的教诲之言，在诗人的心目中，桑结嘉措对他的指导和教诲，其解惑明志的力量，不亚于妙音天女的琴声。

①文殊菩萨：佛教四大菩萨之一，代表聪明智慧。

诗篇十　天与地

天与地
高与低
被区别的时候
人类无法不接受
苍鹰的
贬低

赏析

翻遍诗人的作品，会有种奇妙的感觉，长的诗行，多有现实感，色彩沉重昏沉；而短的诗行却清新婉约，意蕴绵长深远，仿佛几句话，几个字就能将天地容于心中。

开悟后的诗人，有了更辽阔的胸怀，随着胸怀得到解放的，是他的眼界。对于诗人而言，天地之间的事，已经不再是简单的以眼观，而是以心怀观。

他路过拉萨的街巷时，伫立布达拉宫的阳台时，仰望碧蓝的高天时，皆是肉眼所见，一切都带着色相的迷惑和蒙蔽；而当他闭目参禅时，却能见到天地的真实不虚。

天在上，地在下，天高无边，高山之巅有飞鸟翻越，飞鸟之上见流云行走，流云之上是恒久的日月星河。而大地却永远是静静的，从自己的怀中呈现着生命的生长与生活，用最卑微低沉的方式，孕育万千生机。

天地本是浑然一体的世界，但若是肉眼被色相蒙蔽，人们就会发现，大地平视即可得见，而天空，就算他们高高地仰起头，也无法看全。

于是天地便有了区别，天高地低，差别就此诞生。

人们总爱将自己与他人相区别，相比较，仿佛那个怀揣差别心行走在尘世中的他，是天下独一无二的他。

他们满眼都是自己与万物的区别，他是人类，可活百岁，亦可轮回转世，而地上的是青草，一岁一枯荣，草间的是野花，只能在春秋之间美好。大地上驰骋的牛马无法弹唱美妙的音符，天空中叽喳的飞鸟无法言语，更读不懂星空的奥秘。

日月不问朝代变迁，风雨不知情字何解，福幡日日飞扬，却不若游荡的旅人传得更远，人类虽立在大地之上，却是天地间最为高妙的生物。就这样，人间多出了崇高与卑微，而天与地、高与低的分别也在瞬间被认定。

可悲的是，那些怀着差别心的人，一心追求崇高，却依旧没能立在生灵之塔的塔尖。

诗人置身于世外，看着他们将万物画上分隔线，纵横交错。于是，生来渴望在天空翱翔的苍鹰，时时俯视地上的生灵，那盈满天际的优越感，在人们的仰望中被无限放大。

即使心里再不情愿，自诩为万物之灵的人类，也在这一刻，被无情地贬低了。

不是高天无情，更不是兀自飞翔的苍鹰无情，人类的困扰与痛苦，皆是来自一颗差别心。

世间万物本无差别，天地的高低，人与鹰的区别，只在一念之间，而一闪念，便是天差地别。万物移位，一切都变了样子，连人心也落向尘埃，从天上看去，几乎卑微得看不清，这样的人心，又怎能不被神圣的苍鹰贬低？

而诗人独立大地之上，谨守着一颗无差别之心，闭目观心，再以心观世界，瞬间跨越天地高低与命数短长，万物皆是空相，又何来区别？

这一刻，他是自己脚下的一颗尘埃，也是伫立在远处高洁的雪山。而他的神思无拘无束，随苍鹰在天空翱翔，与朝阳做伴，再踏着流云飘向星河之间，化作天上的一颗明星。

若怀着一颗无差别心行走尘世，那么，谁不是你，你又不是谁呢？天地万物，自留心间，一切明净，诗人也好，众生也罢，苍鹰与野花，都是佛前常明的灯火，伴着焚香的缭绕，在三生三世中，飘然轮回。

这首译诗极为短小，虽不说精悍，却是精致异常，包罗万千。诗人在轻轻哀叹世情翻覆的同时，也用他澄明的心思，道出了世间真相。若定要分个高低，谁能说人类便是最高的呢？

天地之间，万物俱在，一颗差别心，便是众生所有苦痛的原因。苍鹰与人类，正是天地之差最好的象征，而一颗差别心，便让人类成为天地之间卑微的存在。

四种意象，两种情态，一个假设，一念之差，一语见性。以肉眼观天地的世人，最易陷入迷茫与困惑，而以心观世界的诗人，却用一首小诗，道出了永恒的真理。

题外小注

1. “区别”中折射出的差别心

差别心，也可以说成是“比较心”“区别心”，顾名思义就是用一种“彼与此不同”或是“彼与彼不同”的观点去观察比较周围的人和事，分出高下、贫富、尊卑等差别。这种做法违背众生平等万物无差的理念。

“无差别”，也就是“三无差别”，是佛教理论中非常重要的观念。“三无差别”一词出自《华严经疏》，是指“心”“佛”与“众生”无差别，这里的无差别，指的是心性，任何一人的心性都与佛无异，只是被世间尘埃蒙蔽，不复清明。“无差别”的理论，体现了佛教中“众生平等”“众生皆可度”的核心思想。

2. 苍鹰与人类

苍鹰高飞，有神圣的寓意，人类自然是指众生。在这首译诗中，苍鹰与人类，可以理解为是天与地的具体形态，是诗人用更具体的形象诠释天与地的特征。

在诗人的眼中，众生本与苍鹰毫无区别，就像天地融为一体一样，但是，当众生非要有所区别时，苍鹰就以其高空的飞翔本领和神圣的传说寓意，变为人类之上的生物。

通常，人们以差别心观外物，是为了提升自己的心理感受，简单说，就是要显得自己比别人更好，以便谋求心理的满足感。在现代社会，这种行为被定义为攀比。

佛家认为，这种私意满满的差别心是不会带来任何益处的。这首译诗中，诗人便用平静的笔触描绘了如此场景：人类因为自己制造了区别，便被天上的苍鹰狠狠地贬低了。

虽然诗人心如菩提宁静散淡，诗中也多是无奈与悲悯的情绪，但怀着现世的心思去读这首诗，到最后还是会收获一丝不易察觉的反讽效果：求崇高的人变得卑微，知平等的人得天地正道。

诗篇十一　东印度的孔雀

那只东印度的孔雀
来自于缘起正见
它善于飞
却不执着于飞
那只工布深谷的鹦鹉
来自于出世的心愿
它善于说
却不执着于说
内中玄机重重
鹦鹉不说
孔雀就更不说了

赏析

这是一首充满佛教寓意的小诗。说是小诗，其实它的篇幅并不特别短小，不过，就其选取的意象、表达的寓意以及时空和情绪的跨度而言，它可谓精致优雅。整首译诗节奏舒缓婉转，叙述着一个从远古走来的道理，趣味盎然，娓娓动听。

从前，有一只从东印度远道而来的孔雀，羽毛华丽，气质高贵，它来自遥远的佛国，在那里，随着一次对缘起的彻悟，郑重地展开自己的尾羽。

它善于飞行，越过高高的喜马拉雅，掠过高原，飞到了布达拉宫门前。它是最棒的飞行家，却从未因为善飞，而被缚住身心。没有什么能让它执着于飞，缘起时，它展翅高飞，缘灭时，它翩翩落定，心无执念，每一根羽毛，都透出生命的轻松与自在。

在布达拉宫前，还有一只来自工布的鹦鹉。它并非远道，却是从寂寂无声之处迁来。它的家乡是幽静的深谷，无人，无世，无扰亦无争。

它生于世嚣隔绝的安静之地，任何想远离尘世的众生，都会有同样的心愿，愿自己像这只鹦鹉一样，生于世外，长于无扰。

这只鹦鹉，是善于说的，说别人说过的，说自己想要说的，它的能力，在一张巧嘴。可它和那只孔雀一样，心无执着，开合皆是随缘，可说时，便开口，不可说时，亦不会焦虑。

是无执着，便无苦痛，周围的一切都是那么平和自在，仿佛天地伊始，佛祖开悟，时光在孔雀的翅膀下停滞，世事在鹦鹉的口舌间遗忘。

而整座城、整个高原、整个世界，潜伏了太多不能揭开的秘密，人与人之间，人与事之间，人与物之间，机关重重，居心难测，即使是高踞众生之上的布达拉宫里，也一样飘荡着深重的心思。

于是，鹦鹉识趣地闭上了嘴，什么也不说。而东印度的孔雀看了它一眼，也默不作声。那善于说的鹦鹉都缄口不言，它这个善于飞行的鸟，又何须开口呢？

这首译诗中，孔雀和鹦鹉，都是心无执念的鸟，可是，诗人为什么写了两只鸟呢？

在于道泉先生和曾缄先生的译本中，也找到了关于孔雀和鹦鹉的译诗。

于道泉先生译诗其五十六："印度东方的孔雀，工布谷底的鹦鹉；生地各各不同，聚处在法轮拉萨。"曾缄先生译诗其六十："孔雀多生印度东，娇鹦工布产偏丰。二禽相去当千里，同在拉萨一市中。"

孔雀和鹦鹉，出生之地不同，却都聚到了拉萨。在这两个版本的译诗中，各有一个词需要解释。

一个是“法轮”，法轮一词的产生很早，是拉萨的别号，形容拉萨是藏区中心，这个别名的含义有一定的宗教色彩，也正说明拉萨是政治、宗教、文化中心。另一个词是“一市中”，这里的“市”指的不是城市，而是“街市”“闹市”或“市场”。

两首译诗都在说着两只鸟的相隔千里，却仿佛是被缘分牵引，都会聚到拉萨一地。在马辉先生的这首译诗中，两只鸟不单会聚到一起，更是彼此了解，身处共同的环境，面对共同的问题。

在诗人身边，这只善于说的鹦鹉，便是他的老师桑结嘉措。

诗人是从东印度飞来的孔雀，带着佛国最精深的正见，远道而来，他的心神宁和，无论多么污浊的尘世，都能振翅高飞，是为善飞。

而桑结嘉措生于拉萨。拉萨距离工布地区很近，至少相对东印度而言是近的。他作为政权在握的第巴，需要在各种势力之间斡旋，这便是他的善说。

可是，当周遭的形势变得昏暗，关系开始错综复杂，连桑结嘉措也小心翼翼、如履薄冰地收缩起来，那么，从身份上本就远离政务的诗人，更是缄口不语，在政治风暴中，静静地立在桑结嘉措身后，跟他一起，激荡中流。

这首译诗，除了诉说诗人与桑结嘉措的缘分，更多的是展现了他们当时的处境，虽然两人在佛学上的修为都很高，却最终敌不过政治的动荡和战争的残酷。

缘起也好，出世也罢，一切都随着缘灭而消散。一人殁于战乱，一人亡于徙途，一人身首异处，一人不知所终，只剩下飞舞着孔雀与鹦鹉的诗行，沉寂多年后，再次被后人翻开。

题外小注

1. 孔雀

孔雀是印度的国鸟，虽然这个身份始于 1963 年 1 月，但孔雀在印度历史上的地位一直很高，被印度人民视为神鸟，有圣洁、神奇、聪慧等象征意义。

据佛经记载，佛祖释迦牟尼在说法时，也常常用孔雀做比喻。在对西方极乐净土的描述中，更提到那里有孔雀、鹦鹉。另外，佛经中还称孔雀能食用一些有毒食物，不仅不会致命，反而能使其羽毛更加鲜艳，借此来比喻菩萨能将贪嗔痴三毒转为无上正见。

在这首译诗中，孔雀的意象，代表佛法从印度传入西藏，而诗人作为达赖转世，便是这只开悟的孔雀。

2. 缘起正见

缘起是非常重要的佛教术语，顾名思义，是“因为缘而生出”的意思。缘起是佛祖在菩提树下的根本觉证，含义是“世间万象都是因为因缘才产生，又因为因缘而幻灭”。这是佛祖所证悟的世间法则，解释了世上万千现象的好、坏、成、败、起、灭的所有原因。

正见的字面意思是“正确的见解”，在佛家用语中，指的是对人生真理的彻底领悟，是“八正道之一”，与邪见相对立。

缘起正见，便是参悟了缘起法则的正确见解，是佛教对世界最深最透的认知，其出处和含义相对复杂。在这首译诗中，缘起正见指代的是佛法，来自缘起正见的孔雀，便是充满佛性的诗人。

3. 出世

出世最常见的解释便是一个人的出生，在这里，出世是“出，并来到世上”的意思。但在有隐士情怀的人看来，出世一词是指远离世事、不再关心俗务，这个解释放在这首译诗中，也算解释得通，是指桑结嘉措厌倦尔虞我诈争权夺利，渴望回避俗世的心情，而这种心情便生出了一只“不执着于说”甚至“不说”的鹦鹉。

但出世还有第三种用法，见于中国禅宗，指那些奉帝王命令出任著名大寺院的方丈，意为“出，并进入俗世”。

在这首译诗中，这个解释似乎更说得通，虽然诗人并非禅宗，但这毕竟是译诗，译者很可能借用了禅宗惯用的语义，于是这只鹦鹉便来自“想要执掌权力”的心愿，事实上，桑结嘉措也确实得到了。